AF282861

CALAMBUR

2025

El gato negro y otros cuentos

Edgar Allan Poe

Título original: The black cat

Primera edición en Calambur: febrero de 2025

© *de la presente edición:* CALAMBUR EDITORIAL S.L.

c/ POBLA DE LILLET, 4. LOCAL 1. 08028 BARCELONA

TEL.: (+34) 931 708 326

calambur@calambureditorial.com • www.calambureditorial.com

calambureditorial.blogspot.com • facebook.com/CalamburEditorial •

@EdCalambur

Director literario: LLUIS CLARET

Diseño y maquetación: SOFÍA CABRERA

Traducción: CARMEN TORRES CALDERÓN

Editora: LUCÍA CELDRÁN LEZCANO

ISBN: 978-84-8359-048-5

Depósito legal: B-4890-2025

El gato negro y otros cuentos se acabó de imprimir
en febrero de 2025.

Impreso en España

ÍNDICE

Introducción

Edgar Allan Poe es, sin duda, una de las figuras más emblemáticas de la literatura universal. Sus cuentos son su principal aportación a la historia de la literatura. Maestro del relato breve, fue precursor del terror psicológico; avanzado a su tiempo, se ha convertido en el faro del llamado romanticismo oscuro, gracias a su prosa clara y directa, funcional, así como el ademán por explorar los rincones más oscuros del alma humana y plasmar sus inquietudes con una intensidad y originalidad incomparables. Este volumen de cuentos representa una puerta de entrada a su universo, un mundo donde lo macabro, lo misterioso y lo sublime se entrelazan para desafiar la imaginación del lector: hay morbosidad, pero muy humana; hay violencia innecesaria, muy humana también. Quizá la gran hazaña de Poe consiste en conseguir alumbrar la tenebrosidad del ser humano y es en ese recóndito lugar donde se encuentra esta antología.

Vida del autor

Edgar Allan Poe nació el 19 de enero de 1809 en Boston, Estados Unidos, hijo de Elizabeth Arnold Poe y David Poe, actores de teatro itinerantes que fallecieron cuando él era un niño. Fue acogido por John y Frances Allan, aunque nunca fue adoptado legalmente. Durante su infancia, se trasladó con los Allan a Inglaterra, donde asistía a un internado privado. Al regresar a Estados Unidos en 1820, continuó su formación en prestigiosos centros privados y, más tarde, ingresó en la Universidad de Virginia. Sin embargo, problemas económicos derivados de su afición al juego y al alcoholismo llevaron a su padre adoptivo a retirarle el apoyo financiero. Tras abandonar la universidad y pasando unos años en el ejército, Poe publicó anónimamente su primer libro, *Tamerlán y otros poemas* (1827). Desde entonces, Poe se dedicó plenamente a la literatura. En 1831 publicó *Poemas* y comenzó a escribir cuentos, ganando reconocimiento con *Manuscrito encontrado en una botella* (1832). Durante los años siguientes, trabajó como editor y crítico literario, mientras desarrollaba una carrera literaria que lo llevó a escribir obras como *El cuervo* (1845), *El escarabajo de oro* (1843) y numerosos relatos breves. Su matrimonio con Virginia Clemm, su prima de apenas 13 años, fue tanto un refugio emocional como una fuente de tensión por la salud frágil de ella, quien falleció en 1847. Los últimos meses de vida de Poe fueron, asimismo, un auténtico misterio que perdura hasta nuestros días: apareció delirando en una calle de Londres y murió horas más tarde en el hospital, el año 1849.

Significado de la obra

Los cuentos de Edgar Allan Poe son una exploración magistral de las emociones humanas en su estado más extremo: el miedo, la desesperación, la locura y la obsesión. Obras como *La caída de la Casa Usher*, *El escarabajo de oro* o *El gato negro* revelan una preocupación constante por los límites entre la razón y la locura, entre lo natural y lo sobrenatural. Su obra trasciende los clichés góticos, renovándolos siempre a favor de un efecto en el lector, aquel que sucede a la inmersión en las tinieblas del alma humana. Poe no solo es un cronista de lo inquietante, sino también un innovador en la estructura narrativa, cuya atención al detalle y al simbolismo convierte cada cuento en una experiencia perturbadora y única. Parte de su obra se sustenta en unos supuestos teóricos narrativos particulares, anteponiendo ciertos principios de composición como la originalidad, el efecto, la variedad y la unidad. La combinación de estos elementos convierte la obra de Poe en fábulas oscuras, siniestras alegorías que transforman el paradigma del cuento moderno. Conforman, juntas, un universo gótico dotado de vida propia donde el terror y la muerte se convierten en elementos omnipresentes. Los ambientes se convierten en los pretextos para la acción, que llevan consigo un regurgitar la conciencia, una culpa que atraviesa a los personajes y los interpela a la vez que sacuden al lector. Como dice Eloy Tizón: "los mejores cuentos de Poe son canciones paranoicas". Nosotros escuchamos el canto del cuervo, atónitos, horrorizados y también maravillados. El significado de la obra de Poe reposa en ese efecto oscuro que crea un poso indefinido en nuestro imaginario lector.

Contexto o trascendencia literaria

La obra de Poe se desarrolla en el contexto del siglo XIX, marcado por el Romanticismo, movimiento que exaltaba la subjetividad, la imaginación y los estados emocionales intensos. Pero los cuentos de Poe renuevan el movimiento romántico al incorporar elementos de la ciencia, la lógica, el suspenso y el terror que prefiguran el Realismo y el Simbolismo. Sin embargo, su obra es inclasificable en género alguno y se alza en la historia de la literatura como uno en sí mismo. La trascendencia de Poe no se limita a su época; su impacto ha cruzado fronteras y generaciones, inspirando a grandes escritores como Dostoyevski, Kafka, Maupassant, Lovecraft, Borges, Bradbury y Cortázar. Todos los cuentistas modernos rinden culto a Poe y sus innovaciones, trazaban nuevas posibilidades para la escritura de relatos.

En estas páginas, el lector descubrirá el genio de un autor cuya visión del mundo, aunque oscura, está iluminada por la belleza de su prosa. Ilumina asimismo una oscuridad necesaria, humana, más que humana. Que esta obra sea, pues, una invitación a adentrarse en el legado inmortal de Edgar Allan Poe, un legado que, como los misterios que narra, sigue siendo inagotable.

El gato negro

(1843)

Ni espero ni quiero que se dé crédito a la historia más extraordinaria, y, sin embargo, más familiar, que voy a referir. Pero mañana puedo morir y quisiera aliviar hoy mi espíritu. Mi inmediato deseo es mostrar al mundo, clara, concretamente y sin comentarios, una serie de simples acontecimientos domésticos que, por sus consecuencias, me han aterrorizado, torturado y anonadado. A pesar de todo, no trataré de esclarecerlos. A mí casi no me han producido otro sentimiento que el de horror; pero a muchas personas les parecerán menos terribles que barrocos. Tal vez más tarde haya una inteligencia que reduzca mi fantasma al estado de lugar común. Alguna inteligencia más serena, más lógica y mucho menos excitable que la mía, encontrará tan sólo en las circunstancias que relato con terror una serie normal de causas y de efectos naturalísimos.

La docilidad y humanidad de mi carácter sorprendieron desde mi infancia. Tan notable era la ternura de mi corazón, que había hecho de mí el juguete de mis amigos. Sentía una auténtica pasión por los animales, y mis padres me permitieron poseer una gran variedad de favoritos. Casi todo el tiempo lo pasaba con ellos, y nunca me consideraba tan feliz como cuando les daba de comer o los acariciaba. Con los años aumentó esta particularidad de mi carácter, y cuando fui un hombre hice de ella una de mis principales fuentes de gozo. Aquellos que han profesado afecto a un perro fiel y sagaz no requieren la explicación de la naturaleza o intensidad de los gozos que eso puede producir. En el amor desinteresado de un animal, en el sacrificio de sí mismo, hay algo que llega directamente al corazón del que con frecuencia ha tenido ocasión de comprobar la amistad mezquina y la frágil fidelidad del hombre corriente.

Me casé joven. Tuve la suerte de descubrir en mi mujer una disposición semejante a la mía. Habiéndose dado cuenta de mi gusto por estos favoritos domésticos, no perdió ocasión alguna de proporcionármelos de la especie más agradable. Tuvimos pájaros, un pez de color de oro, un magnífico perro, conejos, un mono pequeño y un gato. Era este último animal muy fuerte y bello, completamente negro y de una sagacidad maravillosa. Mi mujer, que era, en el fondo, algo supersticiosa, hablando de su inteligencia, aludía frecuentemente a la antigua creencia popular que consideraba a todos los gatos negros como brujas disimuladas. No quiere esto decir que hablara siempre en serio sobre este particular, y lo consigno sencillamente porque lo recuerdo.

Plutón –así se llamaba el gato– era mi amigo predilecto. Sólo yo le daba de comer, y adondequiera que fuese me seguía por la casa. Incluso me costaba trabajo impedirle que me siguiera por la calle.

Nuestra amistad subsistió así algunos años, durante los cuales mi carácter y mi temperamento –me sonroja confesarlo–, por causa del demonio de la intemperancia, sufrió una alteración radicalmente funesta. De día en día me hice más taciturno, más irritable, más indiferente a los sentimientos ajenos. Empleé con mi mujer un lenguaje brutal, y con el tiempo la afligí incluso con violencias personales. Naturalmente, mi pobre favorito debió de notar el cambio de mi carácter. No solamente no les hacía caso alguno, sino que los maltrataba. Sin embargo, por lo que se refiere a Plutón, aún despertaba en mí la consideración suficiente para no pegarle. En cambio, no sentía ningún escrúpulo en maltratar a los conejos, al mono e incluso al perro, cuando, por casualidad o afecto, se cruzaban en mi camino.

Pero iba secuestrándome mi mal, porque, ¿qué mal admite una comparación con el alcohol? Andando el tiempo, el mismo Plutón, que envejecía y, naturalmente, se hacía un poco huraño, comenzó a conocer los efectos de mi perverso carácter.

Una noche, al regresar a casa completamente ebrio, de vuelta de uno de mis frecuentes escondrijos del barrio, me pareció que el gato evitaba mi presencia. Lo cogí, pero él, horrorizado por mi violenta actitud, me hizo en la mano, con los dientes, una leve herida. De mí se apoderó repentinamente un furor demoníaco. En aquel instante dejé de conocerme. Pareció como si, de pronto, mi alma original hubiese abandonado mi cuerpo, y una ruindad superdemoníaca, saturada de ginebra, se filtró en cada una de las fibras de mi ser.

Del bolsillo de mi chaleco saqué un cortaplumas, lo abrí, cogí al pobre animal por la garganta y, deliberadamente, le vacié un ojo... Me cubre el rubor, me abrasa, me estremezco al escribir esta abominable atrocidad.

Cuando, al amanecer, hube recuperado la razón, cuando se hubieron disipado los vapores de mi crápula nocturna, experimenté un sentimiento mitad horror, mitad remordimiento, por el crimen que había cometido. Pero, todo lo más, era un débil y equívoco sentimiento, y el alma no sufrió sus acometidas. Volví a sumirme en los excesos, y no tardé en ahogar en el vino todo recuerdo de mi acción. Curó entre tanto el gato lentamente. La órbita del ojo perdido presentaba, es cierto, un aspecto espantoso. Pero después, con el tiempo, no pareció que se daba cuenta de ello. Según su costumbre, iba y venía por la casa; pero, como debí suponerlo, en cuanto veía que me aproximaba a él, huía aterrorizado.

Me quedaba aún lo bastante de mi antiguo corazón para que me afligiera aquella manifiesta antipatía en una criatura que tanto me había amado anteriormente. Pero este sentimiento no tardó en ser desalojado por la irritación. Como para mi caída final e irrevocable, brotó entonces el espíritu de perversidad, espíritu del que la filosofía no se cuida ni poco ni mucho.

No obstante, tan seguro como que existe mi alma, creo que la perversidad es uno de los primitivos impulsos del corazón humano, una de esas indivisibles primeras facultades o sentimientos que dirigen el carácter del hombre... ¿Quién no se ha sorprendido numerosas veces cometiendo una acción necia o vil, por la única razón de que sabía que no debía cometerla? ¿No tenemos una constante inclinación, pese a lo excelente de nuestro juicio, a violar lo que es la ley, simplemente porque comprendemos que es la Ley?

Digo que este espíritu de perversidad produjo mi ruina completa. El vivo e insondable deseo del alma de atormentarse a sí misma, de violentar su propia naturaleza, de hacer el mal por amor al mal, me impulsaba a continuar y últimamente a llevar efecto el suplicio que había infligido al inofensivo animal. Una mañana, a sangre fría, ceñí un nudo corredizo en torno a su cuello y lo ahorqué de la rama de un árbol. Lo ahorqué con mis ojos llenos de lágrimas, con el corazón desbordante del más amargo remordimiento. Lo ahorqué porque sabía que él me había amado, y porque reconocía que no me había dado motivo alguno para encolerizarme con él. Lo ahorqué porque sabía que al hacerlo cometía un pecado, un pecado mortal que comprometía a mi alma inmortal, hasta el punto de colocarla, si esto fuera posible, lejos incluso de la misericordia infinita del muy terrible y misericordioso Dios.

En la noche siguiente al día en que fue cometida una acción tan cruel, me despertó del sueño el grito de: "¡Fuego!" Ardían las cortinas de mi lecho. La casa era una gran hoguera. No sin grandes dificultades, mi mujer, un criado y yo logramos escapar del incendio. La destrucción fue total. Quedé arruinado, y me entregué desde entonces a la desesperación.

No intento establecer relación alguna entre causa y efecto con respecto a la atrocidad y el desastre. Estoy por encima de tal debilidad. Pero me limito a dar cuenta de una cadena de hechos y no quiero omitir el menor eslabón. Visité las ruinas el día siguiente al del incendio.

Excepto una, todas las paredes se habían derrumbado. Esta sola excepción la constituía un delgado tabique interior, situado casi en la mitad de la casa, contra el que se apoyaba la cabecera de mi lecho.

Allí la fábrica había resistido en gran parte a la acción del fuego, hecho que atribuí a haber sido renovada recientemente. En torno a aquella pared se congregaba la multitud, y numerosas personas examinaban una parte del muro con atención viva y minuciosa. Excitaron mi curiosidad las palabras: "extraño", "singular", y otras expresiones parecidas. Me acerqué y vi, a modo de un bajorrelieve esculpido sobre la blanca superficie, la figura de un gigantesco gato. La imagen estaba copiada con una exactitud realmente maravillosa. Rodeaba el cuello del animal una cuerda.

Apenas hube visto esta aparición –porque yo no podía considerar aquello más que como una aparición–, mi asombro y mi terror fueron extraordinarios. Por fin vino en mi amparo la reflexión. Recordaba que el gato había sido ahorcado en un jardín contiguo a la casa.

A los gritos de alarma, el jardín fue invadido inmediatamente por la muchedumbre, y el animal debió de ser descolgado por alguien del árbol y arrojado a mi cuarto por una ventana abierta. Indudablemente se hizo esto con el fin de despertarme. El derrumbamiento de las restantes paredes había comprimido a la víctima de mi crueldad en el yeso recientemente extendido. La cal del muro, en combinación con las llamas y el amoníaco del cadáver, produjo la imagen tal como yo la veía.

Aunque prontamente satisfice así a mi razón, ya que no por completo mi conciencia, no dejó, sin embargo, de grabar en mi imaginación una huella profunda el sorprendente caso que acabo de dar cuenta. Durante algunos meses no pude liberarme del fantasma del gato, y en todo este tiempo nació en mi alma una especie de sentimiento que se parecía, aunque no lo era, al remordimiento.

Llegué incluso a lamentar la pérdida del animal y a buscar en torno mío, en los miserables tugurios que a la sazón frecuentaba, otro favorito de la misma especie y de facciones parecidas que pudiera sustituirle.

Me hallaba sentado una noche, medio aturdido, en un bodegón infame, cuando atrajo repentinamente mi atención un objeto negro que yacía en lo alto de uno de los inmensos barriles de ginebra o ron que componían el mobiliario más importante de la sala. Hacía ya algunos momentos que miraba a lo alto del tonel, y me sorprendió no haber advertido el objeto colocado encima. Me acerqué a él y lo toqué. Era un gato negro, enorme, tan corpulento como Plutón, al que se parecía en todo menos en un pormenor: Plutón no tenía un solo pelo blanco en todo el cuerpo, pero éste tenía una señal ancha y blanca aunque de forma indefinida, que le cubría casi toda la región del pecho.

Apenas puse en él mi mano, se levantó repentinamente, ronroneando con fuerza, se restregó contra mi mano y pareció contento de mi atención. Era pues, el animal que yo buscaba. Me apresuré a proponer al dueño su adquisición, pero éste no tuvo interés alguno por el animal. Ni le conocía ni le había visto hasta entonces.

Continué acariciándole, y cuando me disponía a regresar a mi casa, el animal se mostró dispuesto a seguirme. Se lo permití, e inclinándome de cuando en cuando, caminamos hacia mi casa acariciándole. Cuando llegó a ella se encontró como si fuera la suya, y se convirtió rápidamente en el mejor amigo de mi mujer.

Por mi parte, no tardó en formarse en mí una antipatía hacia él. Era, pues, precisamente, lo contrario de lo que yo había esperado. No sé cómo ni por qué sucedió esto, pero su evidente ternura me enojaba y casi me fatigaba. Paulatinamente, estos sentimientos de disgusto y fastidio acrecentaron hasta convertirse en la amargura del odio. Yo evitaba su presencia. Una especie de vergüenza, y el recuerdo de mi primera crueldad, me impidieron que lo maltratara. Durante algunas semanas me abstuve de pegarle o de tratarle con violencia; pero gradual, insensiblemente, llegué a sentir por él un horror indecible, y a eludir en silencio, como si huyera de la peste, su odiosa presencia.

Sin duda, lo que aumentó mi odio por el animal fue el descubrimiento que hice a la mañana del siguiente día de haberlo llevado a casa. Como Plutón, también él había sido privado de uno de sus ojos. Sin embargo, esta circunstancia contribuyó a hacerle más grato a mi mujer, que, como he dicho ya, poseía grandemente la ternura de sentimientos que fue en otro tiempo mi rasgo característico y el frecuente manantial de mis placeres más sencillos y puros.

Sin embargo, el cariño que el gato me demostraba parecía crecer en razón directa de mi odio hacia él.

Con una tenacidad imposible de hacer comprender al lector, seguía constantemente mis pasos. En cuanto me sentaba, se acurrucaba bajo mi silla, o saltaba sobre mis rodillas, cubriéndome con sus caricias espantosas. Si me levantaba para andar, se metía entre mis piernas y casi me derribaba, o bien, clavando sus largas y agudas garras en mi ropa, trepaba por ellas hasta mi pecho. En esos instantes, aun cuando hubiera querido matarle de un golpe, me lo impedía en parte el recuerdo de mi primer crimen; pero, sobre todo, me apresuro a confesarlo, el verdadero terror del animal.

Este terror no era positivamente el de un mal físico, y, no obstante, me sería muy difícil definirlo de otro modo. Casi me avergüenza confesarlo. Aun en esta celda de malhechor, casi me avergüenza confesar que el horror y el pánico que me inspiraba el animal se había acrecentado a causa de una de las fantasías más perfectas que es posible imaginar. Mi mujer, no pocas veces, había llamado mi atención con respecto al carácter de la mancha blanca de que he hablado y que constituía la única diferencia perceptible entre el animal extraño y aquel que había matado yo. Recordará, sin duda, el lector que esta señal, aunque grande, tuvo primitivamente una forma indefinida. Pero lenta, gradualmente, por fases imperceptibles y que mi razón se esforzó durante largo tiempo en considerar como imaginaria, había concluido adquiriendo una nitidez rigurosa de contornos.

En ese momento era la imagen de un objeto que me hace temblar nombrarlo. Era, sobre todo, lo que me hacía mirarle como a un monstruo de horror y repugnancia, y lo que, si me hubiera atrevido, me hubiese impulsado a librarme de él. Era ahora, digo, la imagen de una cosa abominable y siniestra: la imagen ¡de la horca! ¡Oh lúgubre y terrible máquina, máquina de espanto y crimen, de muerte y agonía!

Yo era entonces, en verdad, un miserable, más allá de la miseria posible de la Humanidad. Una bestia bruta, cuyo hermano fue aniquilado por mí con desprecio, una bestia bruta engendraba en mí en mí, hombre formado a imagen del Altísimo, tan grande e intolerable infortunio. ¡Ay! Ni de día ni de noche conocía yo la paz del descanso. Ni un solo instante, durante el día, me abandonaba el animal.

Y de noche, a cada momento, cuando salía de mis sueños lleno de indefinible angustia, era tan sólo para sentir el aliento tibio de la cosa sobre mi rostro y su enorme peso, encarnación de una pesadilla que yo no podía separar de mí y que parecía eternamente posada en mi corazón.

Bajo tales tormentos sucumbió lo poco que había de bueno en mí. Infames pensamientos se volvieron en mis íntimos; los más sombríos, los más infames de todos los pensamientos. La tristeza de mi humor de costumbre se acrecentó hasta hacerme aborrecer a todas las cosas y a la Humanidad entera. Mi mujer, sin embargo, no se quejaba nunca ¡Ay! Era mi paño de lágrimas de siempre. La más paciente víctima de las repentinas, frecuentes e indomables expansiones de una furia a la que ciertamente me abandoné desde entonces.

Para un quehacer doméstico, me acompañó un día al sótano de un viejo edificio en el que nos obligara a vivir nuestra pobreza. Por los agudos peldaños de la escalera me seguía el gato, y, habiéndome hecho tropezar la cabeza, me exasperó hasta la locura. Apoderándome de un hacha y olvidando en mi furor el espanto pueril que había detenido hasta entonces mi mano, dirigí un golpe al animal, que hubiera sido mortal si le hubiera alcanzado como quería. Pero la mano de mi mujer detuvo el golpe. Una rabia más que diabólica me produjo esta intervención. Liberé mi brazo del obstáculo que lo detenía y le hundí a ella el hacha en el cráneo. Mi mujer cayó muerta instantáneamente, sin exhalar siquiera un gemido.

Realizado el horrible asesinato, inmediata y resueltamente procuré esconder el cuerpo. Me di cuenta de que no podía hacerlo desaparecer de la casa, ni de día ni de noche, sin correr el riesgo de que se enteraran los vecinos.

Asaltaron mi mente varios proyectos. Pensé por un instante en fragmentar el cadáver y arrojar al suelo los pedazos. Resolví después cavar una fosa en el piso de la cueva. Luego pensé arrojarlo al pozo del jardín. Cambié la idea y decidí embalarlo en un cajón, como una mercancía, en la forma de costumbre, y encargar a un mandadero que se lo llevase de casa. Pero, por último, me detuve ante un proyecto que consideré el más factible. Me decidí a emparedarlo en el sótano, como se dice que hacían en la Edad Media los monjes con sus víctimas.

La cueva parecía estar construida a propósito para semejante proyecto. Los muros no estaban levantados con el cuidado de costumbre y no hacía mucho tiempo había sido cubierto en toda su extensión por una capa de yeso que no dejó endurecer la humedad.

Por otra parte, había un saliente en uno de los muros, producido por una chimenea artificial o especie de hogar que quedó luego tapado y dispuesto de la misma forma que el resto del sótano. No dudé que me sería fácil quitar los ladrillos de aquel sitio, colocar el cadáver y emparedarlo del mismo modo, de forma que ninguna mirada pudiese descubrir nada sospechoso.

No me engañó mi cálculo. Ayudado por una palanca, separé sin dificultad los ladrillos, y, habiendo luego aplicado cuidadosamente el cuerpo contra la pared interior, lo sostuve en esta postura hasta poder establecer sin gran esfuerzo toda la fábrica a su estado primitivo. Con todas las precauciones imaginables, me procuré una argamasa de cal y arena, preparé una capa que no podía distinguirse de la primitiva y cubrí escrupulosamente con ella el nuevo tabique.

Cuando terminé, vi que todo había resultado perfecto. La pared no presentaba la más leve señal de arreglo. Con el mayor cuidado barrí el suelo y recogí los escombros, miré triunfalmente en torno mío y me dije: "Por lo menos, aquí, mi trabajo no ha sido infructuoso".

Mi primera idea, entonces, fue buscar al animal que fue causante de tan tremenda desgracia, porque, al fin, había resuelto matarlo. Si en aquel momento hubiera podido encontrarle, nada hubiese evitado su destino. Pero parecía que el artificioso animal, ante la violencia de mi cólera, habíase alarmado y procuraba no presentarse ante mí, desafiando mi mal humor. Imposible describir o imaginar la intensa, la apacible sensación de alivio que trajo a mi corazón la ausencia de la detestable criatura. En toda la noche se presentó, y ésta fue la primera que gocé desde su entrada en la casa, durmiendo tranquila y profundamente.

Sí; dormí con el peso de aquel asesinato en mi alma. Transcurrieron el segundo y el tercer día. Mi verdugo no vino, sin embargo. Como un hombre libre, respiré una vez más. En su terror, el monstruo había abandonado para siempre aquellos lugares. Ya no volvería a verle nunca: mi dicha era infinita. Me inquietaba muy poco la criminalidad de mi tenebrosa acción. Se inició una especie de sumario que apuró poco las averiguaciones. También se dispuso un reconocimiento, pero, naturalmente, nada podía descubrirse. Yo daba por asegurada mi felicidad futura.

Al cuarto día después de haberse cometido el asesinato, se presentó inopinadamente en mi casa un grupo de agentes de policía y procedió de nuevo a una rigurosa investigación del local. Sin embargo, confiado en lo impenetrable del escondite, no experimenté ninguna turbación.

Los agentes quisieron que les acompañase en sus pesquisas. Fue explorado hasta el último rincón. Por tercera o cuarta vez bajaron por último a la cueva. No me alteré lo más mínimo. Como el de un hombre que reposa en la inocencia, mi corazón latía pacíficamente.

Recorrí el sótano de punta a punta, crucé los brazos sobre mi pecho y me paseé indiferente de un lado a otro. Plenamente satisfecha, la policía se disponía a abandonar la casa. Era demasiado intenso el júbilo de mi corazón para que pudiera reprimirlo. Sentía la viva necesidad de decir una palabra, una palabra tan sólo a modo de triunfo, y hacer doblemente evidente su convicción con respecto a mi inocencia.

–Señores –dije, por último, cuando los agentes subían la escalera–, es para mí una gran satisfacción haber desvanecido sus sospechas. Deseo a todos ustedes una buena salud y un poco más de cortesía.

Dicho sea de paso, señores, tienen ustedes aquí una casa construida –apenas sabía lo que hablaba, en mi furioso deseo de decir algo con aire deliberado–. Puedo asegurar que ésta es una casa excelentemente construida. Estos muros... ¿Se van ustedes, señores? Estos muros están construidos con una gran solidez.

Entonces, por una fanfarronada frenética, golpeé con fuerza, con un bastón que tenía en la mano en ese momento, precisamente sobre la pared del tabique tras el cual yacía la esposa de mi corazón.

¡Ah! Que por lo menos Dios me proteja y me libre de las garras del archidemonio. Apenas se hubo hundido en el silencio el eco de mis golpes, me respondió una voz desde el fondo de la tumba. Era primero una queja, velada y encontrada como el sollozo de un niño. Después, en seguida, se hinchó en un prolongado, sonoro y continuo, completamente anormal e inhumano, un alarido, un aullido, mitad horror, mitad triunfo, como solamente puede brotar del infierno, horrible armonía que surgiera al unísono de las gargantas de los condenados en sus torturas y de los demonios que gozaban en la condenación.

Sería una locura expresaros mis sentimientos. Me sentí desfallecer y, tambaleándome, caí contra la pared opuesta. Durante un instante se detuvieron en los escalones los agentes. El terror los había dejado atónitos. Un momento después, doce brazos robustos atacaron la pared, que cayó a tierra de un golpe. El cadáver, muy desfigurado ya y cubierto de sangre coagulada, apareció, rígido, a los ojos de los circundantes.

Sobre su cabeza, con las rojas fauces dilatadas y llameando el único ojo, se posaba el odioso animal cuya astucia me llevó al asesinato y cuya reveladora voz me entregaba al verdugo. Yo había emparedado al monstruo en la tumba.

Los crímenes de la Rue Morgue

(1841)

Las condiciones mentales que suelen considerarse como analíticas son, en sí mismas, poco susceptibles de análisis. Las consideramos tan sólo por sus efectos. De ellas sabemos, entre otras cosas, que son siempre, para el que las posee, cuando se poseen en grado extraordinario, una fuente de vivísimos goces. Del mismo modo que el hombre fuerte disfruta con su habilidad física, deleitándose en ciertos ejercicios que ponen sus músculos en acción, el analista goza con esa actividad intelectual que se ejerce en el hecho de *desentrañar*. Consigue satisfacción hasta de las más triviales ocupaciones que ponen en juego su talento. Se desvive por los enigmas, acertijos y jeroglíficos, y en cada una de las soluciones muestra un sentido de *agudeza* que parece al vulgo una penetración sobrenatural. Los resultados, obtenidos por un solo espíritu y la esencia del método, adquieren realmente la apariencia total de una intuición.

Esta facultad de resolución está, posiblemente, muy fortalecida por los estudios matemáticos, y especialmente por esa importantísima rama de ellos que, impropiamente y sólo teniendo en cuenta sus operaciones previas, ha sido llamada *par excellence* análisis. Y, no obstante, calcular no es intrínsecamente analizar. Un jugador de ajedrez, por ejemplo, lleva a cabo lo uno sin esforzarse en lo otro. De esto se deduce que el juego de ajedrez, en sus efectos sobre el carácter mental, no está lo suficientemente comprendido. Yo no voy ahora a escribir un tratado, sino que prologo únicamente un relato muy singular, con observaciones efectuadas a la ligera. Aprovecharé, por tanto, esta ocasión para asegurar que las facultades más importantes de la inteligencia reflexiva trabajan con mayor decisión y provecho en el sencillo juego de damas que en toda esa frivolidad primorosa del ajedrez. En este último, donde las piezas tienen distintos y *bizarres* movimientos, con diversos y variables valores, lo que tan sólo es complicado, se toma equivocadamente –error muy común– por profundo. La *atención*, aquí, es poderosamente puesta en juego. Si flaquea un solo instante, se comete un descuido, cuyos resultados implican pérdida o derrota. Como quiera que los movimientos posibles no son solamente variados, sino complicados, las posibilidades de estos descuidos se multiplican; de cada diez casos, nueve triunfa el jugador más capaz de concentración y no el más perspicaz. En el juego de damas, por el contrario, donde los movimientos son *únicos* y de muy poca variación, las posibilidades de descuido son menores, y como la atención queda relativamente distraída, las ventajas que consigue cada una de las partes se logran por una *perspicacia* superior. Para ser menos abstractos supongamos, por ejemplo, un juego de damas cuyas piezas se han reducido a cuatro reinas y donde no es posible el descuido. Evidentemente, en este caso la victoria –hallándose los jugadores en igualdad de condiciones– puede decidirse en virtud de un movimiento *recherche* resultante de un determinado esfuerzo de la inteligencia. Privado de los recursos ordinarios, el analista consigue penetrar en el espíritu de su contrario; por tanto, se identifica con él, y a menudo descubre de una ojeada el único medio –a veces, en realidad, absurdamente sencillo– que puede inducirle a error o llevarlo a un cálculo equivocado.

Desde hace largo tiempo se conoce el *ingenio* por su influencia sobre la facultad calculadora, y hombres de gran inteligencia han encontrado en él un goce aparentemente inexplicable, mientras abandonaban el ajedrez como una frivolidad. No hay duda de que no existe ningún juego semejante que haga trabajar tanto la facultad analítica. El mejor jugador de ajedrez del mundo sólo *puede* ser poco más que el mejor jugador de ajedrez; pero la habilidad en el *ingenio* implica ya capacidad para el triunfo en todas las demás importantes empresas en las que la inteligencia se enfrenta con la inteligencia. Cuando digo habilidad, me refiero a esa perfección en el juego que lleva consigo una comprensión de *todas* las fuentes de donde se deriva una legítima ventaja. Estas fuentes no sólo son diversas, sino también multiformes. Se hallan frecuentemente en lo más recóndito del pensamiento, y son por entero inaccesibles para las inteligencias ordinarias. Observar atentamente es recordar distintamente. Y desde este punto de vista, el jugador de ajedrez capaz de intensa concentración jugará muy bien al *ingenio*, puesto que las reglas de Hoyle, basadas en el puro mecanismo del juego, son suficientes y, por lo general, comprensibles. Por esto, el poseer una buena memoria y jugar de acuerdo con «el libro» son, por lo común, puntos considerados como la suma total del jugar excelentemente. Pero en los casos que se hallan fuera de los límites de la pura regla es donde se evidencia el talento del analista. En silencio, realiza una porción de observaciones y deducciones. Posiblemente, sus compañeros harán otro tanto, y la diferencia en la extensión de la información obtenida no se basará tanto en la validez de la deducción como en la calidad de la observación. Lo importante es saber *lo que debe* ser observado. Nuestro jugador no se reduce únicamente al juego, y aunque éste sea el objeto de su atención, habrá de prescindir de determinadas deducciones originadas al considerar objetos extraños al juego. Examina la fisonomía de su compañero, y la compara cuidadosamente con la de cada uno de sus contrarios. Se fija en el modo de distribuir las cartas a cada mano, con frecuencia calculando triunfo por triunfo y tanto por tanto observando las miradas de los jugadores a su juego. Se da cuenta de cada una de las variaciones de los rostros a medida que avanza el juego, recogiendo gran número de ideas por las diferencias que observa en las distintas expresiones de seguridad, sorpresa, triunfo o desagrado. En la manera de recoger una baza juzga si la misma persona podrá hacer la que sigue. Reconoce la carta jugada en el ademán con que se deja sobre la mesa. Una palabra casual o involuntaria; la forma accidental con que cae o se vuelve una carta, con la ansiedad o la indiferencia que acompañan la acción de evitar que sea vista; la cuenta de las bazas y el orden de su colocación; la perplejidad, la duda, el entusiasmo o el temor, todo ello facilita a su aparentemente intuitiva percepción indicaciones del verdadero estado de cosas. Cuando se han dado las dos o tres primeras vueltas, conoce completamente los juegos de cada uno, y desde aquel momento echa sus cartas con tal absoluto dominio de propósitos como si el resto de los jugadores las tuvieran vueltas hacia él.

El poder analítico no debe confundirse con el simple ingenio, porque mientras el analista es necesariamente ingenioso, el hombre ingenioso está con frecuencia notablemente incapacitado para el análisis. La facultad constructiva o de combinación con que por lo general se manifiesta el ingenio, y a la que los frenólogos, equivocadamente, a mi parecer, asignan un órgano aparte, suponiendo que se trata de una facultad primordial, se ha visto tan a menudo en individuos cuya inteligencia bordeaba, por otra parte, la idiotez, que ha atraído la atención general de los escritores de temas morales. Entre el ingenio y la aptitud analítica hay una diferencia mucho mayor, en efecto, que entre la fantasía y la imaginación, aunque de un carácter rigurosamente análogo. En realidad, se observará fácilmente que el hombre ingenioso es siempre fantástico, mientras que el *verdadero* imaginativo nunca deja de ser analítico.

El relato que sigue a continuación podrá servir en cierto modo al lector para ilustrarle en una interpretación de las proposiciones que acabo de anticipar.

Encontrándome en París durante la primavera y parte del verano de 18..., conocí allí a Monsieur C. Auguste Dupin. Pertenecía este joven caballero a una excelente, o, mejor dicho, ilustre familia, pero por una serie de adversos sucesos se había quedado reducido a tal pobreza, que sucumbió la energía de su carácter y renunció a sus ambiciones mundanas, lo mismo que a procurar el restablecimiento de su fortuna. Con el beneplácito de sus acreedores, quedó todavía en posesión de un pequeño resto de su patrimonio, y con la renta que éste le producía encontró el medio, gracias a una economía rigurosa, de subvenir a las necesidades de su vida, sin preocuparse en absoluto por lo más superfluo. En realidad, su único lujo eran los libros, y en París éstos son fáciles de adquirir.

Nuestro conocimiento tuvo efecto en una oscura biblioteca de la *rue* Montmartre, donde nos puso en estrecha intimidad la coincidencia de buscar los dos un muy raro y al mismo tiempo notable volumen. Nos vimos con frecuencia. Yo me había interesado vivamente por la sencilla historia de su familia, que me contó detalladamente con toda la ingenuidad con que un francés se explaya en sus confidencias cuando habla de sí mismo. Por otra parte, me admiraba el número de sus lecturas, y, sobre todo, me llegaba al alma el vehemente afán y la viva frescura de su imaginación. La índole de las investigaciones que me ocupaban entonces en París me hicieron comprender que la amistad de un hombre semejante era para mí un inapreciable tesoro. Con esta idea, me confié francamente a él. Por último, convinimos en que viviríamos juntos todo el tiempo que durase mi permanencia en la ciudad, y como mis asuntos económicos se desenvolvían menos embarazosamente que los suyos, me fue permitido participar en los gastos de alquiler, y amueblar, de acuerdo con el carácter algo fantástico y melancólico de nuestro común temperamento, una vieja y grotesca casa abandonada hacía ya mucho tiempo, en virtud de ciertas supersticiones que no quisimos averiguar. Lo cierto es que la casa se estremecía como si fuera a hundirse en un retirado y desolado rincón del *faubourg* Saint-Germain.

Si hubiera sido conocida por la gente la rutina de nuestra vida en aquel lugar, nos hubieran tomado por locos, aunque de especie inofensiva. Nuestra reclusión era completa. No recibíamos visita alguna. En realidad, el lugar de nuestro retiro era un secreto guardado cuidadosamente para mis antiguos camaradas, y ya hacía mucho tiempo que Dupin había cesado de frecuentar o hacerse visible en París. Vivíamos sólo para nosotros.

Una rareza del carácter de mi amigo –no sé cómo calificarla de otro modo– consistía en estar enamorado de la noche. Pero con esta *bizarrerie*, como con todas las demás suyas, condescendía yo tranquilamente, y me entregaba a sus singulares caprichos con un perfecto *abandono*. No siempre podía estar con nosotros la negra divinidad, pero sí podíamos falsear su presencia. En cuanto la mañana alboreaba, cerrábamos inmediatamente los macizos postigos de nuestra vieja casa y encendíamos un par de bujías intensamente perfumadas y que sólo daban un lívido y débil resplandor, bajo el cual entregábamos nuestras almas a sus ensueños, leíamos, escribíamos o conversábamos, hasta que el reloj nos advertía la llegada de la verdadera oscuridad. Salíamos entonces cogidos del brazo a pasear por las calles, continuando la conversación del día y rondando por doquier hasta muy tarde, buscando a través de las estrafalarias luces y sombras de la populosa ciudad esas innumerables excitaciones mentales que no puede procurar la tranquila observación.

En circunstancias tales, yo no podía menos de notar y admirar en Dupin (aunque ya, por la rica imaginación de que estaba dotado, me sentía preparado a esperarlo) un talento particularmente analítico. Por otra parte, parecía deleitarse intensamente en ejercerlo (si no exactamente en desplegarlo), y no vacilaba en confesar el placer que ello le producía. Se vanagloriaba ante mí burlonamente de que muchos hombres, para él, llevaban ventanas en el pecho, y acostumbraba a apoyar tales afirmaciones usando de pruebas muy sorprendentes y directas de su íntimo conocimiento de mí. En tales momentos, sus maneras eran glaciales y abstraídas. Se quedaban sus ojos sin expresión, mientras su voz, por lo general ricamente atenorada, se elevaba hasta un timbre atiplado, que hubiera parecido petulante de no ser por la ponderada y completa claridad de su pronunciación. A menudo, viéndolo en tales disposiciones de ánimo, meditaba yo acerca de la antigua filosofía del Alma Doble, y me divertía la idea de un doble Dupin: el creador y el analítico.

Por cuanto acabo de decir, no hay que creer que estoy contando algún misterio o escribiendo una novela. Mis observaciones a propósito de este francés no son más que el resultado de una inteligencia hiperestesiada o tal vez enferma. Un ejemplo dará mejor idea de la naturaleza de sus observaciones durante la época a que aludo.

Íbamos una noche paseando por una calle larga y sucia, cercana al Palais Royal. Al parecer, cada uno de nosotros se había sumido en sus propios pensamientos, y por lo menos durante quince minutos ninguno pronunció una sola sílaba. De pronto, Dupin rompió el silencio con estas palabras:

—En realidad, ese muchacho es demasiado pequeño y estaría mejor en el *Théâtre des Varietés*.

—No cabe duda —repliqué, sin fijarme en lo que decía y sin observar en aquel momento, tan absorto había estado en mis reflexiones, el modo extraordinario con que mi interlocutor había hecho coincidir sus palabras con mis meditaciones.

Un momento después me repuse y experimenté un profundo asombro.

—Dupin —dije gravemente—, lo que ha sucedido excede mi comprensión. No vacilo en manifestar que estoy asombrado y que apenas puedo dar crédito a lo que he oído. ¿Cómo es posible que haya usted podido adivinar que estaba pensando en...?

Diciendo esto, me interrumpí para asegurarme, ya sin ninguna duda, de que él sabía realmente en quién pensaba.

—¿En Chantilly? —preguntó—. ¿Por qué se ha interrumpido? Usted pensaba que su escasa estatura no era la apropiada para dedicarse a la tragedia.

Esto era precisamente lo que había constituido el tema de mis reflexiones. Chantilly era un ex zapatero remendón de la *rue* Saint Denis que, apasionado por el teatro, había representado el papel de Jeries en la tragedia de Crebillon de este título. Pero sus esfuerzos habían provocado la burla del público.

–Dígame usted, por Dios –exclamé–, por qué método, si es que hay alguno, ha penetrado usted en mi alma en este caso.

Realmente, estaba yo mucho más asombrado de lo que hubiese querido confesar.

–Ha sido el vendedor de frutas –contestó mi amigo– quien le ha llevado a usted a la conclusión de que el remendón de suelas no tiene la suficiente estatura para representar el papel de Jerjes *et id genus omne.*

–¿El vendedor de frutas? Me asombra usted. No conozco a ninguno.

–Sí; es ese hombre con quien ha tropezado usted al entrar en esta calle, hará unos quince minutos.

Recordé entonces que, en efecto, un vendedor de frutas, que llevaba sobre la cabeza una gran banasta de manzanas, estuvo a punto de hacerme caer, sin pretenderlo, cuando pasábamos de la calle C... a la calleja en que ahora nos encontrábamos. Pero yo no podía comprender la relación de este hecho con Chantilly.

No había por qué suponer *charlatanerie* alguna en Dupin.

–Se lo explicaré –me dijo–. Para que pueda usted darse cuenta de todo claramente, vamos a repasar primero en sentido inverso el curso de sus meditaciones desde este instante en que le estoy hablando hasta el de su *rencontre* con el vendedor de frutas. En sentido inverso, los más importantes eslabones de la cadena se suceden de esta forma: Chantilly, Orión, doctor Nichols, Epicuro, estereotomía de los adoquines y el vendedor de frutas.

Existen pocas personas que no se hayan entretenido, en cualquier momento de su vida, en recorrer en sentido inverso las etapas por las cuales han sido conseguidas ciertas conclusiones de su inteligencia.

Frecuentemente es una ocupación llena de interés, y el que la prueba por primera vez se asombra de la aparente distancia ilimitada y de la falta de ilación que parece median desde el punto de partida hasta la meta final. Júzguese, pues, cuál no sería mi asombro cuando escuché lo que el francés acababa de decir, y no pude menos de reconocer que había dicho la verdad. Continuó después de este modo:

—Si mal no recuerdo, en el momento en que íbamos a dejar la calle C... hablábamos de caballos. Éste era el último tema que discutimos. Al entrar en esta calle, un vendedor de frutas que llevaba una gran banasta sobre la cabeza, pasó velozmente ante nosotros y lo empujó a usted contra un montón de adoquines, en un lugar donde la calzada se encuentra en reparación. Usted puso el pie sobre una de las piedras sueltas, resbaló y se torció levemente el tobillo. Aparentó usted cierto fastidio o mal humor, murmuró unas palabras, se volvió para observar el montón de adoquines y continuó luego caminando en silencio. Yo no prestaba particular atención a lo que usted hacía, pero, desde hace mucho tiempo, la observación se ha convertido para mí en una especie de necesidad.

"Caminaba usted con los ojos fijos en el suelo, mirando, con malhumorada expresión, los baches y rodadas del empedrado, por lo que deduje que continuaba usted pensando todavía en las piedras. Procedió así hasta que llegamos a la callejuela llamada Lamartine, que, a modo de prueba, ha sido pavimentada con tarugos sobrepuestos y acoplados sólidamente. Al entrar en ella, su rostro se iluminó, y me di cuenta de que se movían sus labios. Por este movimiento no me fue posible dudar que pronunciaba usted la palabra «estereotomía», término que tan afectadamente se aplica a esta especie de pavimentación. Yo estaba seguro de que no podía usted pronunciar para sí la palabra «estereotomía» sin que esto le llevara a pensar en los átomos, y, por consiguiente, en las teorías de Epicuro. Y como quiera que no hace mucho rato discutíamos este tema, le hice notar a usted de qué modo tan singular, y sin que ello haya sido muy notado, las vagas conjeturas de ese noble griego han encontrado en la reciente cosmogonía nebular su confirmación. He comprendido por esto que no podía usted resistir a la tentación de levantar sus ojos a la gran *nobula* de Orión, y con toda seguridad he esperado que usted lo hiciera. En efecto, usted ha mirado a lo alto, y he adquirido entonces la certeza de haber seguido correctamente el hilo de sus pensamientos. Ahora bien, en la amarga *tirada* sobre Chantilly, publicada ayer en el *Musée*, el escritor satírico, haciendo mortificantes alusiones al cambio de nombre del zapatero al calzarse el

coturno, citaba un verso latino del que hemos hablado nosotros con frecuencia. Me refiero a éste:
Perdidit antiquum litera prima sonum.

"Yo le había dicho a usted que este verso se relacionaba con la palabra Orión, que en un principio se escribía Urión. Además, por determinadas discusiones un tanto apasionadas que tuvimos acerca de mi interpretación, tuve la seguridad de que usted no la habría olvidado. Por tanto, era evidente que asociaría usted las dos ideas: Orión y Chantilly, y esto lo he comprendido por la forma de la sonrisa que he visto en sus labios. Ha pensado usted, pues, en aquella inmolación del pobre zapatero. Hasta ese momento, usted había caminado con el cuerpo encorvado, pero a partir de entonces se irguió usted, recobrando toda su estatura. Este movimiento me ha confirmado que pensaba usted en la diminuta figura de Chantilly, y ha sido entonces cuando he interrumpido sus meditaciones para observar que, por tratarse de un hombre de baja estatura, estaría mejor Chantilly en el *Théâtre des Varietés*. Poco después de esta conversación hojeábamos una edición de la tarde de la *Gazette des Tribunaux* cuando llamaron nuestra atención los siguientes titulares:

"Extraordinarios crímenes
Esta madrugada, alrededor de las tres, los habitantes del *quartier* Saint-Roch fueron despertados por una serie de espantosos gritos que parecían proceder del cuarto piso de una casa de la *rue* Morgue, ocupada,

según se dice, por una tal Madame L'Espanaye y su hija Mademoiselle Camille L'Espanaye. Después de algún tiempo empleado en infructuosos esfuerzos para poder penetrar buenamente en la casa, se forzó la puerta de entrada con una palanca de hierro, y entraron ocho o diez vecinos acompañados de dos *gendarmes*. En ese momento cesaron los gritos; pero en cuanto aquellas personas llegaron apresuradamente al primer rellano de la escalera, se distinguieron dos o más voces ásperas que parecían disputar violentamente y proceder de la parte alta de la casa. Cuando la gente llegó al segundo rellano, cesaron también aquellos rumores y todo permaneció en absoluto silencio. Los vecinos recorrieron todas las habitaciones precipitadamente. Al llegar, por último, a una gran sala situada en la parte posterior del cuarto piso, cuya puerta hubo de ser forzada, por estar cerrada interiormente con llave, se ofreció a los circunstantes un espectáculo que sobrecogió su ánimo, no sólo de horror, sino de asombro. "Se hallaba la habitación en violento desorden, rotos los muebles y diseminados en todas direcciones. No quedaba más lecho que la armadura de una cama, cuyas partes habían sido arrancadas y tiradas por el suelo. Sobre una silla se encontró una navaja barbera manchada de sangre. Había en la chimenea dos o tres largos y abundantes mechones de pelo cano, empapados en sangre y que parecían haber sido arrancados de raíz. En el suelo se encontraron cuatro napoleones, un zarcillo adornado con un topacio, tres grandes cucharas de plata, tres cucharillas de *metal d,Alger* y dos sacos conteniendo, aproximadamente, cuatro mil francos en oro. En un rincón se hallaron los cajones de una cómoda abiertos, y, al parecer, saqueados, aunque quedaban en ellos algunas cosas. Se encontró también un cofrecillo de hierro bajo la *cama*, no bajo su armadura. Se hallaba abierto, y la cerradura contenía aún la llave. En el cofre no se encontraron más que unas cuantas cartas viejas y otros papeles sin importancia.

"No se encontró rastro alguno de Madame L›Espanaye; pero como quiera que se notase una anormal cantidad de hollín en el hogar, se efectuó un reconocimiento de la chimenea, y —horroriza decirlo— se extrajo de ella el cuerpo de su hija, que estaba colocado cabeza abajo y que había sido introducido por la estrecha abertura hasta una altura considerable. El cuerpo estaba todavía caliente. Al examinarlo se comprobaron en él numerosas escoriaciones ocasionadas sin duda por la violencia con que el cuerpo había sido metido allí y por el esfuerzo que hubo de emplearse para sacarlo. En su rostro se veían profundos arañazos, y en la garganta, cárdenas magulladuras y hondas huellas producidas por las uñas, como si la muerte se hubiera verificado por estrangulación.

"Después de un minucioso examen efectuado en todas las habitaciones, sin que se lograra ningún nuevo descubrimiento, los presentes se dirigieron a un pequeño patio pavimentado, situado en la parte posterior del edificio, donde hallaron el cadáver de la anciana señora, con el cuello cortado de tal modo, que la cabeza se desprendió del tronco al levantar el cuerpo. Tanto éste como la cabeza estaban tan horriblemente mutilados, que apenas conservaban apariencia humana.

"Que sepamos, no se ha obtenido hasta el momento el menor indicio que permita aclarar este horrible misterio.»

El diario del día siguiente daba algunos nuevos pormenores:

«La tragedia de la Rue Morgue

Gran número de personas han sido interrogadas con respecto a tan extraordinario y horrible *affaire* (la palabra *affaire* no tiene todavía en Francia el poco significado que se le da entre nosotros), pero nada ha podido deducirse que arroje alguna luz sobre ello. Damos a continuación todas las declaraciones más importantes que se han obtenido:

"*Pauline Dubourg*, lavandera, declara haber conocido desde hace tres años a las víctimas y haber lavado para ellas durante todo este tiempo. Tanto la madre como la hija parecían vivir en buena armonía y profesarse mutuamente un gran cariño. Pagaban con puntualidad. Nada se sabe acerca de su género de vida y medios de existencia. Supone que Madame L›Espanaye decía la buenaventura para ganarse el sustento. Tenía fama de poseer algún dinero escondido. Nunca encontró a otras personas en la casa cuando la llamaban para recoger la ropa, ni cuando la devolvía. Estaba absolutamente segura de que las señoras no tenían servidumbre alguna.

Salvo el cuarto piso, no parecía que hubiera muebles en ninguna parte de la casa.

"*Pierre Moreau*, estanquero, declara que es el habitual proveedor de tabaco y de rapé de Madame L'Espanaye desde hace cuatros años. Nació en su vecindad y ha vivido siempre allí. Hacía más de seis años que la muerta y su hija vivían en la casa donde fueron encontrados sus cadáveres. Anteriormente a su estadía, el piso había sido ocupado por un joyero, que alquilaba a su vez las habitaciones interiores a distintas personas. La casa era propiedad de Madame L'Espanaye. Descontenta por los abusos de su inquilino, se había trasladado al inmueble de su propiedad, negándose a alquilar ninguna parte de él. La buena señora chocheaba a causa de la edad. El testigo había visto a su hija unas cinco o seis veces durante los seis años. Las dos llevaban una vida muy retirada, y era fama que tenían dinero. Entre los vecinos había oído decir que Madame L'Espanaye decía la buenaventura, pero él no lo creía. Nunca había visto atravesar la puerta a nadie, excepto a la señora y a su hija, una o dos voces a un recadero y ocho o diez a un médico.

"En esta misma forma declararon varios vecinos, pero de ninguno de ellos se dice que frecuentaran la casa. Tampoco se sabe que la señora y su hija tuvieran parientes vivos. Raramente estaban abiertos los postigos de los balcones de la fachada principal. Los de la parte trasera estaban siempre cerrados, a excepción de las ventanas de la gran sala posterior del cuarto piso. La casa era una finca excelente y no muy vieja.

"*Isidoro Muset*, gendarme, declara haber sido llamado a la casa a las tres de la madrugada, y dice que halló ante la puerta principal a unas veinte o treinta personas que procuraban entrar en el edificio. Con una bayoneta, y no con una barra de hierro, pudo, por fin, forzar la puerta. No halló grandes dificultades en abrirla, porque era de dos hojas y carecía de cerrojo y pasador en su parte alta. Hasta que la puerta fue forzada, continuaron los gritos, pero luego cesaron repentinamente. Daban la sensación de ser alaridos de una o varias personas víctimas de una gran angustia. Eran fuertes y prolongados, y no gritos breves y rápidos. El testigo subió rápidamente los escalones. Al llegar al primer rellano, oyó dos voces que disputaban acremente. Una de éstas era áspera, y la otra, aguda, una voz muy extraña. De la primera pudo distinguir algunas palabras, y le pareció francés el que las había pronunciado. Pero, evidentemente, no era voz de mujer. Distinguió claramente las palabras «*sacre*» y «*diable*». La aguda voz pertenecía a un extranjero, pero el declarante no puede asegurar si se trataba de hombre o mujer. No pudo distinguir lo que decían, pero supone que hablasen español. El testigo descubrió el estado de la casa y de los cadáveres como fue descrito ayer por nosotros.

"*Henri Duval*, vecino, y de oficio platero, declara que él formaba parte del grupo que entró primeramente en la casa. En términos generales, corrobora la declaración de Muset. En cuanto se abrieron paso, forzando la puerta, la cerraron de nuevo, con objeto de contener a la muchedumbre que se había reunido a pesar de la hora. Este opina que la voz aguda sea la de un italiano, y está seguro de que no era la de un francés. No conoce el italiano. No pudo distinguir las palabras, pero, por la entonación del que hablaba, está convencido de que era un italiano. Conocía a Madame L'Espanaye y a su hija. Con las dos había conversado con frecuencia. Estaba seguro de que la voz no correspondía a ninguna de las dos mujeres.

"*Odenheimer, restaurateur*. Voluntariamente, el testigo se ofreció a declarar. Como no hablaba francés, fue interrogado haciéndose uso de un intérprete. Es natural de Ámsterdam. Pasaba por delante de la casa en el momento en que se oyeron los gritos. Se detuvo durante unos minutos, diez, probablemente. Eran fuertes y prolongados, y producían horror y angustia. Fue uno de los que entraron en la casa. Corrobora las declaraciones anteriores en todos sus detalles, excepto uno: está seguro de que la voz aguda era la de un hombre, la de un francés. No pudo distinguir claramente las palabras que había pronunciado. Estaban dichas en alta voz y rápidamente, con cierta desigualdad, pronunciadas, según suponía, con miedo y con ira al mismo tiempo. La voz era áspera. Realmente, no puede asegurarse que fuese una voz aguda. La voz grave dijo varias veces: *"Sacré»*, *«diable»*, y una sola *«Man Dieu»*.

"*Jules Mignaud*, banquero, de la casa «Mignaud et Fils», de la *rue* Deloraie. Es el mayor de los Mignaud. Madame L'Espanaye tenía algunos intereses. Había abierto una cuenta corriente en su casa de banca en la primavera del año... (ocho años antes). Con frecuencia había ingresado pequeñas cantidades. No retiró ninguna hasta tres días antes de su muerte. La retiró personalmente, y la suma ascendía a cuatro mil francos. La cantidad fue pagada en oro, y se encargó a un dependiente que la llevara a su casa.

"*Adolphe Le Bon*, dependiente de la «Banca Mignaud et Fils», declara que en el día de autos, al mediodía, acompañó a Madame L'Espanaye a su domicilio con los cuatro mil francos, distribuidos en dos pequeños talegos. Al abrirse la puerta, apareció Mademoiselle L'Espanaye Ésta cogió uno de los saquitos, y la anciana señora el otro. Entonces, él saludó y se fue. En aquellos momentos no había nadie en la calle. Era una calle apartada, muy solitaria.

"*William Bird*, sastre, declara que fue uno de los que entraron en la casa. Es inglés. Ha vivido dos años en París. Fue uno de los primeros que subieron por la escalera. Oyó las voces que disputaban. La gruesa era de un francés. Pudo oír algunas palabras, pero ahora no puede recordarlas todas. Oyó claramente *«sacré»* y *«Man Dieu»*. Por un momento se produjo un rumor, como si varias personas peleasen. Ruido de riña y forcejeo. La voz aguda era muy fuerte, más que la grave. Está seguro de que no se trataba de la voz de ningún inglés, sino más bien la de un alemán. Podía haber sido la de una mujer. No entiende el alemán.

"Cuatro de los testigos mencionados arriba, nuevamente interrogados, declararon que la puerta de la habitación en que fue encontrado el cuerpo de Mademoiselle L›Espanaye se hallaba cerrada por dentro cuando el grupo llegó a ella. Todo se hallaba en un silencio absoluto. No se oían ni gemidos ni ruidos de ninguna especie. Al forzar la puerta, no se vio a nadie. Tanto las ventanas de la parte posterior como las de la fachada estaban cerradas y aseguradas fuertemente por dentro con sus cerrojos respectivos. Entre las dos salas se hallaba también una puerta de comunicación, que estaba cerrada, pero no con llave. La puerta que conducía de la habitación delantera al pasillo estaba cerrada por dentro con llave. Una pequeña estancia de la parte delantera del cuarto piso, a la entrada del pasillo, estaba abierta también, puesto que tenía la puerta entornada. En esta sala se hacinaban camas viejas, cofres y objetos de esta especie. No quedó una sola pulgada de la casa sin que hubiese sido registrada cuidadosamente. Se ordenó que tanto por arriba como por abajo se introdujeran deshollinadores por las chimeneas. La casa constaba de cuatro pisos, con buhardillas *(mansardas)*. En el techo se hallaba, fuertemente asegurado, un escotillón, y parecía no haber sido abierto durante muchos años. Por lo que respecta al intervalo de tiempo transcurrido entre las voces que disputaban y el acto de forzar la puerta del piso, las afirmaciones de los testigos difieren bastante. Unos hablan de tres minutos, y otros amplían este tiempo a cinco. Costó mucho forzar la puerta.

"*Alfonso García*, empresario de pompas fúnebres, declara que habita en la *rue* Morgue, y que es español.

También formaba parte del grupo que entró en la casa. No subió la escalera, porque es muy nervioso y temía los efectos que pudiera producirle la emoción. Oyó las voces que disputaban. La grave era de un francés. No pudo distinguir lo que decían, y está seguro de que la voz aguda era de un inglés. No entiende este idioma, pero se basa en la entonación.

"*Alberto Montan*, confitero declara haber sido uno de los primeros en subir la escalera. Oyó las voces aludidas. La grave era de francés. Pudo distinguir varias palabras. Parecía como si este individuo reconviniera a otro. En cambio, no pudo comprender nada de la voz aguda. Hablaba rápidamente y de forma entrecortada. Supone que esta voz fuera la de un ruso. Corrobora también las declaraciones generales. Es italiano. No ha hablado nunca con ningún ruso.

"Interrogados de nuevo algunos testigos, certificaron que las chimeneas de todas las habitaciones del cuarto piso eran demasiado estrechas para que permitieran el paso de una persona. Cuando hablaron de «deshollinadores», se refirieron a las escobillas cilíndricas que con ese objeto usan los limpiachimeneas. Las escobillas fueron pasadas de arriba abajo por todos los tubos de la casa. En la parte posterior de ésta no hay paso alguno por donde alguien hubiese podido bajar mientras el grupo subía las escaleras. El cuerpo de Mademoiselle L'Espanaye estaba tan fuertemente introducido en la chimenea, que no pudo ser extraído de allí sino con la ayuda de cinco hombres.

"*Paul Dumas*, médico, declara que fue llamado hacia el amanecer para examinar los cadáveres. Yacían entonces los dos sobre las correas de la armadura de la cama, en la habitación donde fue encontrada Mademoiselle L'Espanaye. El cuerpo de la joven estaba muy magullado y lleno de excoriaciones. Se explican suficientemente estas circunstancias por haber sido empujado hacia arriba en la chimenea. Sobre todo, la garganta presentaba grandes excoriaciones. Tenía también profundos arañazos bajo la barbilla, al lado de una serie de lívidas manchas que eran, evidentemente, impresiones de dedos. El rostro se hallaba horriblemente descolorido, y los ojos fuera de sus órbitas. La lengua había sido mordida y seccionada parcialmente. Sobre el estómago se descubrió una gran magulladura, producida, según se supone, por la presión de una rodilla. Según Monsieur Dumas, Mademoiselle L'Espanaye había sido estrangulada por alguna persona o personas desconocidas. El cuerpo de su madre estaba horriblemente mutilado. Todos los huesos de la pierna derecha y del brazo estaban, poco o mucho, quebrantados. La *tibia* izquierda, igual que las costillas del mismo lado, estaban hechas astillas. Tenía todo el cuerpo con espantosas magulladuras y descolorido. Es imposible certificar cómo fueron producidas aquellas heridas. Tal vez un pesado garrote de madera, o una gran barra de hierro –alguna silla–, o una herramienta ancha, pesada y roma, podría haber producido resultados semejantes. Pero siempre que hubieran sido manejados por un hombre muy fuerte. Ninguna mujer podría haber causado aquellos golpes con clase alguna de arma. Cuando el testigo la vio, la cabeza de la muerta estaba totalmente separada del cuerpo y, además, destrozada. Evidentemente, la garganta había sido seccionada con un instrumento afiladísimo, probablemente una navaja barbera.

"*Alexandre Etienne*, cirujano, declara haber sido llamado al mismo tiempo que el doctor Dumas, para examinar los cuerpos. Corroboró la declaración y las opiniones de éste.

"No han podido obtenerse más pormenores importantes en otros interrogatorios. Un crimen tan extraño y tan complicado en todos sus aspectos no había sido cometido jamás en París, en el caso de que se trate realmente de un crimen. La Policía carece totalmente de rastro, circunstancia rarísima en asuntos de tal naturaleza. Puede asegurarse, pues, que no existe la menor pista.»

En la edición de la tarde, afirmaba el periódico que reinaba todavía gran excitación en el *quartier* Saint-Roch; que, de nuevo, se habían investigado cuidadosamente las circunstancias del crimen, pero que no se había obtenido ningún resultado. A última hora anunciaba una noticia que Adolphe Le Bon había sido detenido y encarcelado; pero ninguna de las circunstancias ya expuestas parecía acusarle.

Dupin demostró estar particularmente interesado en el desarrollo de aquel asunto; cuando menos, así lo deducía yo por su conducta, porque no hacía ningún comentario.

Tan sólo después de haber sido encarcelado Le Bon me preguntó mi parecer sobre aquellos asesinatos.

Yo no pude expresarle sino mi conformidad con todo el público parisiense, considerando aquel crimen como un misterio insoluble. No acertaba a ver el modo en que pudiera darse con el asesino.

–Por interrogatorios tan superficiales no podemos juzgar nada con respecto al modo de encontrarlo –dijo Dupin–. La Policía de París, tan elogiada por su *perspicacia*, es astuta, pero nada más. No hay más método en sus diligencias que el que las circunstancias sugieren. Exhiben siempre las medidas tomadas, pero con frecuencia ocurre que son tan poco apropiadas a los fines propuestos que nos hacen pensar en Monsieur Jourdain pidiendo su *robede-chambre*, pour *mieux entendre la musique*. A veces no dejan de ser sorprendentes los resultados obtenidos. Pero, en su mayor parte, se consiguen por mera insistencia y actividad. Cuando resultan ineficaces tales procedimientos, fallan todos sus planes. Vidocq, por ejemplo, era un excelente adivinador y un hombre perseverante; pero como su inteligencia carecía de educación, se equivocaba con frecuencia por la misma intensidad de sus investigaciones. Disminuía el poder de su visión por mirar el objeto tan de cerca. Era capaz de ver, probablemente, una o dos circunstancias con una poco corriente claridad; pero al hacerlo perdía necesariamente la visión total del asunto. Esto puede decirse que es el defecto de ser demasiado profundo. La verdad no está siempre en el fondo de un pozo.

En realidad, yo pienso que, en cuanto a lo que más importa conocer, es invariablemente superficial. La profundidad se encuentra en los valles donde la buscamos, pero no en las cumbres de las montañas, que es donde la vemos. Las variedades y orígenes de esta especie de error tienen un magnífico ejemplo en la contemplación de los cuerpos celestes. Dirigir a una estrella una rápida ojeada, examinarla oblicuamente, volviendo hacia ella las partes exteriores de la *retina* (que son más sensibles a las débiles impresiones de la luz que las anteriores), es contemplar la estrella distintamente, obtener la más exacta apreciación de su brillo, brillo que se oscurece a medida que volvemos nuestra visión *de lleno* hacía ella. En el último caso, caen en los ojos mayor número de rayos, pero en el primero se obtiene una receptibilidad más afinada. Con una extrema profundidad, embrollamos y debilitamos el pensamiento, y aun lo confundimos. Podemos, incluso, lograr que Venus se desvanezca del firmamento si le dirigimos una atención demasiado sostenida, demasiado concentrada o demasiado directa.

"Por lo que respecta a estos asesinatos, examinemos algunas investigaciones por nuestra cuenta, antes de formar de ellos una opinión. Una investigación como ésta nos procurará una buena diversión –a mí me pareció impropia esta última palabra, aplicada al presente caso, pero no dije nada–, y, por otra parte, Le Bon ha comenzado por prestarme un servicio y quiero demostrarle que no soy un ingrato. Iremos al lugar del suceso y lo examinaremos con nuestros propios ojos.

Conozco a G..., el prefecto de Policía, y no me será difícil conseguir el permiso necesario.

Nos fue concedida la autorización, y nos dirigimos inmediatamente a la *rue* Morgue. Es ésta una de esas miserables callejuelas que unen la *rue* Richelieu y la de Saint-Roch. Cuando llegamos a ella, eran ya las últimas horas de la tarde, porque este barrio se encuentra situado a gran distancia de aquel en que nosotros vivíamos. Pronto hallamos la casa; aún había frente a ella varias personas mirando con vana curiosidad las ventanas cerradas. Era una casa como tantas de París. Tenía una puerta principal, y en uno de sus lados había una casilla de cristales con un bastidor corredizo en la ventanilla, y parecía ser la *loge de concierge*. Antes de entrar nos dirigimos calle arriba, y, torciendo de nuevo, pasamos a la fachada posterior del edificio. Dupin examinó durante todo este rato los alrededores, así como la casa, con una atención tan cuidadosa, que me era imposible comprender su finalidad.

Volvimos luego sobre nuestros pasos, y llegamos ante la fachada de la casa. Llamamos a la puerta, y después de mostrar nuestro permiso, los agentes de guardia nos permitieron la entrada. Subimos las escaleras, hasta llegar a la habitación donde había sido encontrado el cuerpo de Mademoiselle L'Espanaye y donde se hallaban aún los dos cadáveres. Como de costumbre, había sido respetado el desorden de la habitación. Nada vi de lo que se había publicado en la *Gazette des Tribunaux*. Dupin lo analizaba todo minuciosamente, sin exceptuar los cuerpos de las víctimas. Pasamos inmediatamente a otras habitaciones, y bajamos luego al patio. Un *gendarme* nos acompañó a todas partes, y la investigación nos ocupó hasta el anochecer, marchándonos entonces. De regreso a nuestra casa, mi compañero se detuvo unos minutos en las oficinas de un periódico.

He dicho ya que las rarezas de mi amigo eran muy diversas y que *je les menageais*: esta frase no tiene equivalente en inglés. Hasta el día siguiente, a mediodía, rehusó toda conversación sobre los asesinatos. Entonces me preguntó de pronto si yo había observado algo *particular* en el lugar del hecho.

En su manera de pronunciar la palabra «particular» había algo que me produjo un estremecimiento sin saber por qué.

–No, nada de *particular* –le dije–; por lo menos, nada más de lo que ya sabemos por el periódico.

–Mucho me temo –me replicó– que la *Gazette* no haya logrado penetrar en el insólito horror del asunto. Pero dejemos las necias opiniones de este papelucho. Yo creo que si este misterio se ha considerado como insoluble, por la misma razón debería de ser fácil de resolver, y me refiero al *outre* carácter de sus circunstancias. La Policía se ha confundido por la ausencia aparente de motivos que justifiquen, no el crimen, sino la atrocidad con que ha sido cometido. Asimismo, les confunde la aparente imposibilidad de conciliar las voces que disputaban con la circunstancia de no haber hallado arriba sino a Mademoiselle L'Espanaye, asesinada, y no encontrar la forma de que nadie saliera del piso sin ser visto por las personas que subían por las escaleras. El extraño desorden de la habitación; el cadáver metido con la cabeza hacia abajo en la chimenea; la mutilación espantosa del cuerpo de la anciana, todas estas consideraciones, con las ya descritas y otras no dignas de mención, han sido suficientes para paralizar sus facultades, haciendo que fracasara por completo la tan cacareada *perspicacia* de los agentes del Gobierno. Han caído en el grande aunque común error de confundir lo insólito con lo abstruso. Pero precisamente por estas desviaciones de lo normal es por donde ha de hallar la razón su camino en la investigación de la verdad, en el caso de que ese hallazgo sea posible. En investigaciones como la que estamos realizando ahora, no hemos de preguntarnos tanto «qué ha ocurrido» como «qué ha ocurrido que no había ocurrido jamás hasta ahora». Realmente la sencillez con que yo he de llegar o he llegado ya a la solución de este misterio, se halla en razón directa con su aparente falta de solución en el criterio de la Policía.

Con mudo asombro, contemplé a mi amigo.

—Estoy esperando ahora —continuó diciéndome, mirando a la puerta de nuestra habitación— a un individuo que aun cuando probablemente no ha cometido esta carnicería bien puede estar, en cierta medida, complicado en ella. Es probable que resulte inocente de la parte más desagradable de los crímenes cometidos. Creo no equivocarme en esta suposición, porque en ella se funda mi esperanza de descubrir el misterio. Espero a este individuo aquí en esta habitación y de un momento a otro.

Cierto es que puede no venir, pero lo probable es que venga. Si viene, hay que detenerlo. Aquí hay unas pistolas, y los dos sabemos cómo usarlas cuando las circunstancias lo requieren.

Sin saber lo que hacía, ni lo que oía, tomé las pistolas, mientras Dupin continuaba hablando como si monologara. Se dirigían sus palabras a mí pero su voz no muy alta, tenía esa entonación empleada frecuentemente al hablar con una persona que se halla un poco distante. Sus pupilas inexpresivas miraban fijamente hacia la pared.

–La experiencia ha demostrado plenamente que las voces que disputaban –dijo–, oídas por quienes subían las escaleras, no eran las de las dos mujeres. Este hecho descarta el que la anciana hubiese matado primeramente a su hija y se hubiera suicidado después. Hablo de esto únicamente por respeto al método; porque, además, la fuerza de Madame L'Espanaye no hubiera conseguido nunca arrastrar el cuerpo de su hija por la chimenea arriba tal como fue hallado. Por otra parte, la naturaleza de las heridas excluye totalmente la idea del suicidio. Por tanto, el asesinato ha sido cometido por terceras personas, y las voces de éstas son las que se oyeron disputar. Permítame que le haga notar no todo lo que se ha declarado con respecto a estas voces, sino lo que hay de *particular* en las declaraciones. ¿No ha observado usted nada en ellas? Yo le dije que había observado que mientras todos los testigos coincidían en que la voz grave era de un francés, había un gran desacuerdo por lo que respecta a la voz aguda, o áspera, como uno de ellos la había calificado.

–Esto es evidencia pura –dijo–, pero no lo particular de esa evidencia. Usted no ha observado nada característico, pero, no obstante *había* algo que observar. Como ha notado usted los testigos estuvieron de acuerdo en cuanto a la voz grave. En ello había unanimidad. Pero lo que respecta a la voz aguda consiste su particularidad, no en el desacuerdo, sino en que, cuando un italiano, un inglés, un español, un holandés y un francés intentan describirla cada uno de ellos opina que era la *de un extranjero*. Cada uno está seguro de que no es la de un compatriota, y cada uno la compara, no a la de un hombre de una nación cualquiera cuyo lenguaje conoce, sino todo lo contrario. Supone el francés que era la voz de un español y que «hubiese podido distinguir algunas palabras *de haber estado familiarizado con el español*». El holandés sostiene que fue la de un francés, pero sabemos que, por *«no conocer este idioma, el testigo había sido interrogado por un intérprete»*. Supone el inglés que la voz fue la de un alemán; pero añade que *«no entiende el alemán»*. El español «está seguro» de que es la de un inglés, pero tan sólo «lo cree por la entonación, *ya que no tiene ningún conocimiento del idioma»*. El italiano cree que es la voz de un ruso, pero *«jamás ha tenido conversación alguna con un ruso»*. Otro francés difiere del primero, y está seguro de que la voz era de un italiano; pero *aunque no conoce este idioma*, está, como el español, «seguro de ello por su entonación». Ahora bien, ¡cuán extraña debía de ser aquella voz para que tales testimonios pudieran darse de ella, en cuyas inflexiones, ciudadanos de cinco grandes naciones europeas, no pueden reconocer nada que les sea familiar! Tal vez usted diga que puede muy bien haber sido la voz de un asiático o la de un africano; pero ni los asiáticos ni los africanos se ven frecuentemente por París. Pero, sin decir que esto sea posible, quiero ahora dirigir su atención sobre tres puntos. Uno de los testigos describe aquella voz como «más áspera que aguda»; otros dicen que es «rápida y *desigual*»; en este caso, no hubo palabras (ni sonidos que se parezcan a ella), que ningún testigo mencionara como inteligibles.

–Ignoro qué impresión –continuó Dupin– puedo haber causado en su entendimiento, pero no dudo en manifestar que las legítimas deducciones efectuadas con sólo esta parte de los testimonios conseguidos (la que se refiere a las voces graves y agudas), bastan por sí mismas para motivar una sospecha que bien puede dirigirnos en todo ulterior avance en la investigación de este misterio. He dicho «legítimas deducciones», pero así no queda del todo explicada mi intención. Quiero únicamente manifestar que esas deducciones son las *únicas* apropiadas, y que mi sospecha se origina *inevitablemente* en ellas como una conclusión única. No diré todavía cuál es esa sospecha. Tan sólo deseo hacerle comprender a usted que para mí tiene fuerza bastante para dar definida forma (determinada tendencia) a mis investigaciones en aquella habitación.

"Mentalmente, trasladémonos a ella. ¿Qué es lo primero que hemos de buscar allí? Los medios de evasión utilizados por los asesinos. No hay necesidad de decir que ninguno de los dos creemos en este momento en acontecimientos sobrenaturales. Madame y Mademoiselle L'Espanaye no han sido, evidentemente, asesinadas por espíritus. Quienes han cometido el crimen fueron seres materiales y escaparon por procedimientos materiales. ¿De qué modo? Afortunadamente, sólo hay una forma de razonar con respecto a este punto, y éste *habrá* de llevarnos a una solución precisa. Examinemos, pues, uno por uno, los posibles medios de evasión. Cierto es que los asesinos se encontraban en la alcoba donde fue hallada Mademoiselle L'Espanaye, o, cuando menos, en la contigua, cuando las personas subían las escaleras. Por tanto, sólo hay que investigar las salidas de estas dos habitaciones. La Policía ha dejado al descubierto los pavimentos, los techos y la mampostería de las paredes en todas partes. A su vigilancia no hubieran podido escapar determinadas salidas *secretas*. Pero yo no me fiaba de *sus* ojos y he querido examinarlo con los míos. En efecto, *no* había salida secreta. Las puertas de las habitaciones que daban al pasillo estaban cerradas perfectamente por dentro. Veamos las chimeneas. Aunque de anchura normal hasta una altura de ocho o diez pies sobre los hogares, no puede, en toda su longitud, ni siquiera dar cabida a un gato corpulento. La imposibilidad de salida por los ya indicados medios es, por tanto, absoluta. Así, pues, no nos quedan más que las ventanas. Por la de la alcoba que da a la fachada principal no hubiera podido escapar nadie sin que la muchedumbre que había en la calle lo hubiese notado. Por tanto, los asesinos *han* de haber pasado por las de la habitación posterior. Llevados, pues, de estas deducciones y, de forma tan inequívoca, a esta conclusión, no podemos, según un minucioso razonamiento, rechazarla, teniendo en cuenta aparentes imposibilidades. Nos queda sólo por demostrar que esas aparentes «imposibilidades» en realidad no lo son.

"En la habitación hay dos ventanas. Una de ellas no se halla obstruida por los muebles, y está completamente visible. La parte inferior de la otra la oculta a la vista la cabecera de la pesada armazón del lecho, estrechamente pegada a ella. La primera de las dos ventanas está fuertemente cerrada y asegurada por dentro. Resistió a los más violentos esfuerzos de quienes intentaron levantarla. En la parte izquierda de su marco veíase un gran agujero practicado con una barrena, y un clavo muy grueso hundido en él hasta la cabeza. Al examinar la otra ventana se encontró otro clavo semejante, clavado de la misma forma, y un vigoroso esfuerzo para separar el marco fracasó también. La Policía se convenció entonces de que por ese camino no se había efectuado la salida, y *por esta razón* consideró superfluo quitar aquellos clavos y abrir las ventanas.

"Mi examen fue más minucioso, por la razón que acabo ya de decir, ya que sabía era *preciso* probar que todas aquellas aparentes imposibilidades no lo eran realmente. Continué razonando así *a posteriori*. Los asesinos han debido de escapar por una de estas ventanas. Suponiendo esto, no es fácil que pudieran haberlas sujetado por dentro, como se las ha encontrado, consideración que, por su evidencia, paralizó las investigaciones de la Policía en este aspecto. No obstante, las ventanas *estaban* cerradas y aseguradas. Era, pues, *preciso* que pudieran cerrarse por sí mismas. No había modo de escapar a esta conclusión. Fui directamente a la ventana no obstruida, y con cierta dificultad extraje el clavo y traté de levantar el marco. Como yo suponía, resistió a todos los esfuerzos. Había, pues, evidentemente, un resorte escondido, y este hecho, corroborado por mi idea, me convenció de que mis premisas, por muy misteriosas que apareciesen las circunstancias relativas a los clavos, eran correctas. Una minuciosa investigación me hizo descubrir pronto el oculto resorte. Lo oprimí y, satisfecho con mi descubrimiento, me abstuve de abrir la ventana.

»Volví entonces a colocar el clavo en su sitio, después de haberlo examinado atentamente. Una persona que hubiera pasado por aquella ventana podía haberla cerrado y haber funcionado solo el resorte. Pero el clavo no podía haber sido colocado. Esta conclusión está clarisima, y restringía mucho el campo de mis investigaciones. Los asesinos debían, por tanto, de haber escapado por la otra ventana. Suponiendo que los dos resortes fueran iguales, como era posible, debía, pues, de haber una diferencia entre los clavos, o, por lo menos, en su colocación. Me subí sobre las correas de la armadura del lecho, y por encima de su cabecera examiné minuciosamente la segunda ventana. Pasando la mano por detrás de la madera, descubrí y apreté el resorte, que, como yo había supuesto, era idéntico al anterior. Entonces examiné el clavo. Era del mismo grueso que el otro, y aparentemente estaba clavado de la misma forma, hundido casi hasta la cabeza.

"Tal vez diga usted que me quedé perplejo; pero si piensa semejante cosa es que no ha comprendido bien la naturaleza de mis deducciones. Sirviéndome de un término deportivo, no me he encontrado ni una vez «en falta». El rastro no se ha perdido ni un solo instante. En ningún eslabón de la cadena ha habido un defecto. Hasta su última consecuencia he seguido el secreto. Y la consecuencia era *el clavo*. En todos sus aspectos, he dicho, aparentaba ser análogo al de la otra ventana; pero todo esto era nada (tan decisivo como parecía) comparado con la consideración de que en aquel punto terminaba mi pista. «Debe de haber algún defecto en este clavo», me dije. Lo toqué, y su cabeza, con casi un cuarto de su espiga, se me quedó en la mano. El resto quedó en el orificio donde se había roto. La rotura era antigua, como se deducía del óxido de sus bordes, y, al parecer, había sido producido por un martillazo que hundió una parte de la cabeza del clavo en la superficie del marco. Volví entonces a colocar cuidadosamente aquella parte en el lugar de donde la había separado, y su semejanza con un clavo intacto fue completa. La rotura era inapreciable. Apreté el resorte y levanté suavemente el marco unas pulgadas. Con él subió la cabeza del clavo, quedando fija en su agujero. Cerré la ventana, y fue otra vez perfecta la apariencia del clavo entero.

"Hasta aquí estaba resuelto el enigma. El asesino había huido por la ventana situada a la cabecera del lecho.

Al bajar por sí misma, luego de haber escapado por ella, o tal vez al ser cerrada deliberadamente, se había quedado sujeta por el resorte, y la sujeción de éste había engañado a la Policía, confundiéndola con la del clavo, por lo cual se había considerado innecesario proseguir la investigación.

"El problema era ahora saber cómo había bajado el asesino. Sobre este punto me sentía satisfecho de mi paseo en torno al edificio. Aproximadamente a cinco pies y medio de la ventana en cuestión, pasa la cadena de un pararrayos. Por ésta hubiera sido imposible a cualquiera llegar hasta la ventana, y ya no digamos entrar. Sin embargo, al examinar los postigos del cuarto piso, vi que eran de una especie particular, que los carpinteros parisienses llaman *ferrades*, especie poco usada hoy, pero hallada frecuentemente en las casas antiguas de Lyon y Burdeos. Tienen la forma de una puerta normal (sencilla y no de dobles batientes), excepto que su mitad superior está enrejada o trabajada a modo de celosía, por lo que ofrece un asidero excelente para las manos. En el caso en cuestión, estos postigos tienen una anchura de tres pies y medio, más o menos. Cuando los vimos desde la parte posterior de la casa, los dos estaban abiertos hasta la mitad; es decir, formaban con la pared un ángulo recto. Es probable que la Policía haya examinado, como yo, la parte posterior del edificio; pero al mirar las *ferrades* en el sentido de su anchura (como deben de haberlo hecho), no se han dado cuenta de la dimensión en este sentido, o cuando menos no le han dado la necesaria importancia.

En realidad, una vez se convencieron de que no podía efectuarse la huida por aquel lado, no lo examinaron sino superficialmente. Sin embargo, para mí era claro que el postigo que pertenecía a la ventana situada a la cabecera de la cama, si se abría totalmente, hasta que tocara la pared, llegaría hasta unos dos pies de la cadena del pararrayos. También estaba claro que con el esfuerzo de una energía y un valor insólitos podía muy bien haberse entrado por aquella ventana con ayuda de la cadena. Llegado a aquella distancia de dos pies y medio (supongamos ahora abierto el postigo), un ladrón hubiese podido encontrar en el enrejada un sólido asidero, para que luego, desde él, soltando la cadena y apoyando bien los pies contra la pared, pudiera lanzarse rápidamente, caer en la habitación y atraer hacia sí violentamente el postigo, de modo que se cerrase, y suponiendo, desde luego, que se hallara siempre la ventana abierta.

"Tenga usted en cuenta que me he referido a una energía insólita, necesaria para llevar a cabo con éxito una empresa tan arriesgada y difícil. Mi propósito es el de demostrarle, en primer lugar, que el hecho podía realizarse, y en segundo, y muy *principalmente*, llamar su atención sobre el carácter *extraordinario*, casi sobrenatural, de la agilidad necesaria para su ejecución.

"Me replicará usted, sin duda, valiéndose del lenguaje de la ley, que para «defender mi causa» debiera más bien prescindir de la energía requerida en ese caso antes que insistir en valorarla exactamente. Esto es realizable en la práctica forense, pero no en la razón. Mi objetivo final es la verdad tan sólo, y mi propósito inmediato conducir a usted a que compare esa *insólita* energía de que acabo de hablarle con la *peculiarísima voz* aguda (o áspera), y *desigual,* con respecto a cuya nacionalidad no se han hallado siquiera dos testigos que estuviesen de acuerdo, y en cuya pronunciación no ha sido posible descubrir una sola sílaba.

A estas palabras comenzó a formarse en mi espíritu una vaga idea de lo que pensaba Dupin. Me parecía llegar al límite de la comprensión, sin que todavía pudiera entender, lo mismo que esas personas que se encuentran algunas veces al borde de un recuerdo y no son capaces de llegar a conseguirlo. Mi amigo continuó su razonamiento.

—Habrá usted visto —dijo— que he retrotraído la cuestión del modo de salir al de entrar. Mi plan es demostrarle que ambas cosas se han efectuado de la misma manera y por el mismo sitio. Volvamos ahora al interior de la habitación. Estudiemos todos sus aspectos. Según se ha dicho, los cajones de la cómoda han sido saqueados, aunque han quedado en ellos algunas prendas de vestir. Esta conclusión es absurda. Es una simple conjetura, muy necia, por cierto, y nada más. ¿Cómo es posible saber que todos esos objetos encontrados en los cajones no eran todo lo que contenían? Madame L'Espanaye y su hija vivían una vida excesivamente retirada. No se trataban con nadie, salían rara vez y, por consiguiente, tenían pocas ocasiones para cambiar de vestido. Los objetos que se han encontrado eran de tan buena calidad, por lo menos, como cualquiera de los que posiblemente hubiesen poseído esas señoras. Si un ladrón hubiera cogido alguno, ¿por qué no los mejores, o por qué no todos? En fin, ¿hubiese abandonado cuatro mil francos en oro para cargar con un fardo de ropa blanca? El oro *fue* abandonado. Casi la totalidad de la suma mencionada por Monsieur Mignaud, el banquero, ha sido hallada en el suelo, en los saquitos. Insisto, por tanto, en querer descartar de su pensamiento la idea desatinada de un *motivo*, engendrada en el cerebro de la Policía por esa declaración que se refiere a dinero entregado a la puerta de la casa. Coincidencias diez veces más notables que ésta (entrega del dinero y asesinato, tres días más tarde, de la persona que lo recibe) se presentan constantemente en nuestra vida sin despertar siquiera nuestra atención momentánea. Por lo general las coincidencias son otros tantos motivos de error en el camino de esa clase de pensadores educados de tal modo que nada saben de la teoría de probabilidades, esa teoría a la cual las más memorables conquistas de la civilización humana deben lo más glorioso de su saber. En este caso, si el oro hubiera desaparecido, el hecho de haber sido entregado tres días antes hubiese podido parecer algo más que una coincidencia. Corroboraría la idea de un *motivo*. Pero, dadas las circunstancias reales del caso, si hemos de suponer que el oro ha sido el móvil del hecho, también debemos imaginar que quien lo ha cometido ha sido tan vacilante y tan idiota que ha abandonado al mismo tiempo el oro y el motivo.

3,5 pies = 1 metro aprox.

2 pies = 60 cm. (aprox.)

"Fijados bien en nuestro pensamiento los puntos sobre los cuales he llamado su atención (la voz peculiar, la insólita agilidad y la sorprendente falta de motivo en un crimen de una atrocidad tan singular como éste), examinemos por sí misma esta carnicería. Nos encontramos con una mujer estrangulada con las manos y metida cabeza abajo en una chimenea. Normalmente, los criminales no emplean semejante procedimiento de asesinato. En el violento modo de introducir el cuerpo en la chimenea habrá usted de admitir que hay algo *excesivamente exagerado*, algo que está en desacuerdo con nuestras corrientes nociones respecto a los actos humanos, aun cuando supongamos que los autores de este crimen sean los seres más depravados. Por otra parte, piense usted cuán enorme debe de haber sido la fuerza que logró introducir tan violentamente el cuerpo *hacia arriba* en una abertura como aquélla, por cuanto los esfuerzos unidos de varias personas apenas si lograron *sacarlo* de ella.

"Fijemos ahora nuestra atención en otros indicios que ponen de manifiesto este vigor maravilloso. Había en el hogar unos espesos mechones de grises cabellos humanos. Habían sido arrancados de cuajo. Sabe usted la fuerza que es necesaria para arrancar de la cabeza, aun cuando no sean más que veinte o treinta cabellos a la vez. Usted habrá visto tan bien como yo aquellos mechones. Sus raíces (¡qué espantoso espectáculo!) tenían adheridos fragmentos de cuero cabelludo, segura prueba de la prodigiosa fuerza que ha sido necesaria para arrancar tal vez un millar de cabellos a la vez. La garganta de la anciana no sólo estaba cortada, sino que tenía la cabeza completamente separada del cuerpo, y el instrumento para esta operación fue una sencilla navaja barbera. Le ruego que se fije también en la *brutal* ferocidad de tal acto. No es necesario hablar de las magulladuras que aparecieron en el cuerpo de Madame L'Espanaye. Monsieur Dumas y su honorable colega Monsieur Etienne han declarado que habían sido producidas por un instrumento romo. En ello, estos señores están en lo cierto. El instrumento ha sido, sin duda alguna, el pavimento del patio sobre el que la víctima ha caído desde la ventana situada encima del lecho. Por muy sencilla que parezca ahora esta idea, escapó a la Policía, por la misma razón que le impidió notar la anchura de los postigos, porque, dada la circunstancia de los clavos, su percepción estaba herméticamente cerrada a la idea de que las ventanas hubieran podido ser abiertas.

"Si ahora, como añadidura a todo esto, ha reflexionado usted bien acerca del extraño desorden de la habitación, hemos llegado ya al punto de combinar las ideas de agilidad maravillosa, fuerza sobrehumana, bestial ferocidad, carnicería sin motivo, una *grotesquerie* en lo horrible, extraña en absoluto a la humanidad, y una voz extranjera por su acento para los oídos de hombres de distintas naciones y desprovista de todo silabeo que pudieran advertirse distinta e inteligiblemente. ¿Qué se deduce de todo ello? ¿Cuál es la impresión que ha producido en su imaginación?

Al hacerme Dupin esta pregunta, sentí un escalofrío.

–Un loco ha cometido ese crimen –dije–, algún lunático furioso que se habrá escapado de alguna *Maison de Santé* vecina.

–En algunos aspectos –me contestó– no es desacertada su idea. Pero hasta en sus más feroces paroxismos, las voces de los locos no se parecen nunca a esa voz peculiar oída desde la calle. Los locos pertenecen a una nación cualquiera, y su lenguaje, aunque incoherente, es siempre articulado. Por otra parte, el cabello de un loco no se parece al que yo tengo en la mano. De los dedos rígidamente crispados de Madame L'Espanaye he desenredado esté pequeño mechón. ¿Qué puede usted deducir de esto?

–Dupin –exclamé, completamente desalentado–, ¡qué cabello más raro! No es un cabello *humano*.

–Yo no he dicho que lo fuera –me contestó–. Pero antes de decidir con respecto a este particular, le ruego que examine este pequeño diseño que he trazado en un trozo de papel. Es un facsímil que representa lo que una parte de los testigos han declarado como cárdenas magulladuras y profundos rasguños producidos por las uñas en el cuello de Mademoiselle L'Espanaye, y que los doctores Dumas y Etienne llaman una serie de manchas lívidas evidentemente producidas por la impresión de los dedos.

Comprenderá usted –continuó mi amigo, desdoblando el papel sobre la mesa y ante nuestros ojos –que este dibujo da idea de una presión firme y poderosa. Aquí no hay *deslizamiento visible*. Cada dedo ha conservado, quizás hasta la muerte de la víctima, la terrible presa en la cual se ha moldeado. Pruebe usted ahora de colocar sus dedos, todos a un tiempo, en las respectivas impresiones, tal como las ve usted aquí.

Lo intenté en vano.

—Es posible —continuó— que no efectuemos esta experiencia de un modo decisivo. El papel está desplegado sobre una superficie plana, y la garganta humana es cilíndrica. Pero aquí tenemos un tronco cuya circunferencia es, poco más o menos, la de la garganta. Arrolle a su superficie este diseño y volvamos a efectuar la experiencia.

Lo hice así, pero la dificultad fue todavía más evidente que la primera vez.

—Esta —dije— no es la huella de una mano humana.

—Ahora, lea este pasaje de Cuvier —continuó Dupin.

Era una historia anatómica, minuciosa y general, del gran orangután salvaje de las islas de la India Oriental. Son harto conocidas de todo el mundo la gigantesca estatura, la fuerza y agilidad prodigiosas, la ferocidad salvaje y las facultades de imitación de estos mamíferos. Comprendí entonces, de pronto, todo el horror de aquellos asesinatos.

—La descripción de los dedos —dije, cuando hube terminado la lectura— está perfectamente de acuerdo con este dibujo. Creo que ningún animal, excepto el orangután de la especie que aquí se menciona, puede haber dejado huellas como las que ha dibujado usted.

Este mechón de pelo ralo tiene el mismo carácter que el del animal descrito por Cuvier. Pero no me es posible comprender las circunstancias de este espantoso misterio. Hay que tener en cuenta, además, que se oyeron disputar dos voces, e, indiscutiblemente, una de ellas pertenecía a un francés.

–Cierto, y recordará usted una expresión atribuida casi unánimemente a esa voz por los testigos; la expresión *«Mon Dieu»*. Y en tales circunstancias, uno de los testigos (Montani, el confitero) la identificó como expresión de protesta o reconvención. Por tanto, yo he fundado en estas voces mis esperanzas de la completa solución de este misterio. Indudablemente, un francés conoce el asesinato. Es posible, y en realidad, más que posible, probable, que él sea inocente de toda participación en los hechos sangrientos que han ocurrido. Puede habérsele escapado el orangután, y puede haber seguido su rastro hasta la habitación. Pero, dadas las agitadas circunstancias que se hubieran producido, pudo no haberle sido posible capturarle de nuevo. Todavía anda suelto el animal. No es mi propósito continuar estas conjeturas, y las califico así porque no tengo derecho a llamarlas de otro modo, ya que los atisbos de reflexión en que se fundan apenas alcanzan la suficiente base para ser apreciables incluso para mi propia inteligencia, y, además, porque no puedo hacerlas inteligibles para la comprensión de otra persona. Llamémoslas, pues, conjeturas, y considerémoslas así. Si, como yo supongo, el francés a que me refiero es inocente de tal atrocidad, este anuncio que, a nuestro regreso, dejé en las oficinas de *Le Monde*, un periódico consagrado a intereses marítimos y muy buscado por los marineros, nos lo traerá a casa.

Me entregó el periódico, y leí:

Captura

En el Bois de Boulogne *se ha encontrado a primeras horas de la mañana del día... de los corrientes* (la mañana del crimen), *un enorme orangután de la especie de Borneo. Su propietario (que se sabe es un marino perteneciente a la tripulación de un navío maltés) podrá recuperar el animal, previa su identificación, pagando algunos pequeños gestos ocasionados por su captura y manutención. Dirigirse al número... de la rue... faubourg Saint-Germain... tercero.*

—¿Cómo ha podido usted saber —le pregunté a Dupin— que el individuo de que se trata es marinero y está enrolado en un navío maltés?

—Yo no lo conozco —repuso Dupin—. No estoy seguro de que exista. Pero tengo aquí este pedacito de cinta que, a juzgar por su forma y su grasiento aspecto, ha sido usada, evidentemente, para anudar los cabellos en forma de esas largas guerres a que tan aficionados son los marineros. Por otra parte, este lazo saben anudarlo muy pocas personas, y es característico de los malteses. Recogí esta cinta al pie de la cadena del pararrayos. No puede pertenecer a ninguna de las dos víctimas. Todo lo más, si me he equivocado en mis deducciones con respecto a este lazo, es decir, pensando que ese francés sea un marinero enrolado en un navío maltés, no habré perjudicado a nadie diciendo lo que he dicho en el anuncio. Si me he equivocado, supondrá él que algunas circunstancias me engañaron, y no se tomará el trabajo de inquirirlas. Pero, si acierto, habremos dado un paso muy importante. Aunque inocente del crimen, el francés habrá de conocerlo, y vacilará entre si debe responder o no al anuncio y reclamar o no al orangután.

Sus razonamientos serán los siguientes: «Soy inocente; soy pobre; mi orangután vale mucho dinero, una verdadera fortuna para un hombre que se encuentra en mi situación. ¿Por qué he de perderlo por un vano temor al peligro? Lo tengo aquí, a mi alcance. Lo encontraron en el Bois de Boulogne, a mucha distancia del escenario de aquel crimen. ¿Quién sospecharía que un animal ha cometido semejante acción? La Policía está despistada. No ha obtenido el menor indicio. Dado el caso de que sospecharan del animal, será imposible demostrar que yo tengo conocimiento del crimen, ni mezclarme en él por el solo hecho de conocerlo. Además, me conocen. El anunciante me señala como dueño del animal. No sé hasta qué punto llega este conocimiento. Si soslayo el reclamar una propiedad de tanto valor y que, además, se sabe que es mía, concluiré haciendo sospechoso al animal. No es prudente llamar la atención sobre mí ni sobre él. Contestaré, por tanto, a este anuncio, recobraré mi orangután y le encerraré hasta que se haya olvidado por completo este asunto.»

En este instante oímos pasos en la escalera.

–Esté preparado –me dijo Dupin–. Coja sus pistolas, pero no haga uso de ellas, ni las enseñe, hasta que yo le haga una señal.

Habíamos dejado abierta la puerta principal de la casa. El visitante entró sin llamar y subió algunos peldaños de la escalera. Ahora, sin embargo, parecía vacilar. Le oímos descender. Dupin se precipitó hacia la puerta, pero en aquel instante le oímos subir de nuevo. Ahora ya no retrocedía por segunda vez, sino que subió con decisión y llamó a la puerta de nuestro piso.

–Adelante–dijo Dupin con voz satisfecha y alegre.

Entró un hombre. A no dudarlo, era un marinero; un hombre alto, fuerte, musculoso, con una expresión de arrogancia no del todo desagradable. Su rostro, muy atezado, estaba oculto en más de su mitad por las patillas y el mustachio. Estaba provisto de un grueso garrote de roble, y no parecía llevar otras armas. Saludó, inclinándose torpemente, pronunciando un «Buenas tardes» con acento francés, el cual, aunque, bastardeada levemente por el suizo, daba a conocer a las claras su origen parisiense.

–Siéntese, amigo –dijo Dupin–. Supongo que viene a reclamar su orangután. Le aseguro que casi se lo envidio. Es un hermoso animal, y, sin duda alguna, de mucho precio. ¿Qué edad cree usted que tiene?

El marinero suspiró hondamente, como quien se libra de un peso intolerable, y contestó luego con voz firme:

–No puedo decírselo, pero no creo que tenga más de cuatro o cinco años. ¿Lo tiene usted aquí?

–¡Oh, no! Esta habitación no reúne condiciones para ello. Está en una cuadra de alquiler en la rue Dubourg, cerca de aquí. Mañana por la mañana, si usted quiere, podrá recuperarlo. Supongo que vendrá usted preparado para demostrar su propiedad.

–Sin duda alguna, señor.

–Mucho sentiré tener que separarme de él –dijo Dupin.

–No pretendo que se haya usted tomado tantas molestias para nada, señor –dijo el hombre–. Ni pensarlo. Estoy dispuesto a pagar una gratificación por el hallazgo del animal, mientras sea razonable.

–Bien –contestó mi amigo–. Todo esto es, sin duda, muy justo. Veamos. ¿Qué voy a pedirle? ¡Ah, ya sé! Se lo diré ahora. Mi gratificación será ésta: ha de decirme usted cuanto sepa con respecto a los asesinatos de la rue Morgue.

Estas últimas palabras las dijo Dupin en voz muy baja y con una gran tranquilidad. Con análoga tranquilidad se dirigió hacia la puerta, la cerró y se guardó la llave en el bolsillo. Luego sacó la pistola, y, sin mostrar agitación alguna, la dejó sobre la mesa.

La cara del marinero enrojeció como si se hallara en un arrebato de sofocación. Se levantó y empuñó su bastón. Pero inmediatamente se dejó caer sobre la silla, con un temblor convulsivo y con el rostro de un cadáver. No dijo una sola palabra, y le compadecí de todo corazón.

–Amigo mío –dijo Dupin bondadosamente–, le aseguro que se alarma usted sin motivo alguno. No es nuestro propósito causarle el menor daño. Le doy a usted mi palabra de honor de caballero y francés, que nuestra intención no es perjudicarle. Sé perfectamente que nada tiene usted que ver con las atrocidades de la rue Morgue. Sin embargo, no puedo negar que, en cierto modo, está usted complicado. Por cuanto le digo comprenderá usted perfectamente, que, con respecto a este punto, poseo excelentes medios de información, medios en los cuales no hubiera usted pensado jamás. El caso está ya claro para nosotros. Nada ha hecho usted que haya podido evitar. Naturalmente, nada que lo haga a usted culpable. Nadie puede acusarle de haber robado, pudiendo haberlo hecho con toda impunidad, y no tiene tampoco nada que ocultar. También carece de motivos para hacerlo. Además, por todos los principios del honor, está usted obligado a confesar cuanto sepa. Se ha encarcelado a un inocente a quien se acusa de un crimen cuyo autor solamente usted puede señalar.

Cuando Dupin hubo pronunciado estas palabras, ya el marinero había recobrado un poco su presencia de ánimo. Pero toda su arrogancia había desaparecido.

–¡Que Dios me ampare! –exclamó después de una breve pausa–. Le diré cuanto sepa sobre el asunto; pero estoy seguro de que no creerá usted ni la mitad siquiera. Estaría loco si lo creyera. Sin embargo, soy inocente, y aunque me cueste la vida le hablaré con franqueza.

En resumen, fue esto lo que nos contó:

Había hecho recientemente un viaje al archipiélago Indico. Él formaba parte de un grupo que desembarcó en Borneo, y pasó al interior para una excursión de placer.

Entre él y un compañero suyo habían dado captura al orangután. Su compañero murió, y el animal quedó de su exclusiva pertenencia. Después de muchas molestias producidas por la ferocidad indomable del cautivo, durante el viaje de regreso consiguió por fin alojarlo en su misma casa, en París, donde, para no atraer sobre él la curiosidad insoportable de los vecinos, lo recluyó cuidadosamente, con objeto de que curase de una herida que se había producido en un pie con una astilla, a bordo de su buque. Su proyecto era venderlo.

Una noche, o, mejor dicho, una mañana, la del crimen, al volver de una francachela celebrada con algunos marineros, encontró al animal en su alcoba. Se había escapado del cuarto contiguo, donde él creía tenerlo seguramente encerrado. Se hallaba sentado ante un espejo, teniendo una navaja de afeitar en una mano. Estaba todo enjabonado, intentando afeitarse, operación en la que probablemente había observado a su amo a través del ojo de la cerradura. Aterrado, viendo tan peligrosa arma en manos de un animal tan feroz y sabiéndole muy capaz de hacer uso de ella, el hombre no supo qué hacer durante un segundo. Frecuentemente había conseguido dominar al animal en sus accesos más furiosos utilizando un látigo, y recurrió a él también en aquella ocasión. Pero al ver el látigo, el orangután saltó de repente fuera de la habitación, echó a correr escaleras abajo, y, viendo una ventana, desgraciadamente abierta, salió a la calle.

El francés, desesperado, corrió tras él. El mono, sin soltar la navaja, se paraba de vez en cuando, se volvía y le hacía muecas, hasta que el hombre llegaba cerca de él; entonces escapaba de nuevo. La persecución duró así un buen rato. Se hallaban las calles en completa tranquilidad, porque serían las tres de la madrugada. Al descender por un pasaje situado detrás de la rue Morgue, la atención del fugitivo fue atraída por una luz procedente de la ventana abierta de la habitación de Madame L'Espanaye, en el cuarto piso. Se precipitó hacia la casa, y al ver la cadena del pararrayos, trepó ágilmente por ella, se agarró al postigo, que estaba abierto de par en par hasta la pared, y, apoyándose en ésta, se lanzó sobre la cabecera de la cama. Apenas si toda esta gimnasia duró un minuto. El orangután, al entrar en la habitación, había rechazado contra la pared el postigo, que de nuevo quedó abierto. El marinero estaba entonces contento y perplejo. Tenía grandes esperanzas de capturar ahora al animal, que podría escapar difícilmente de la trampa donde se había metido, de no ser que lo hiciera por la cadena, donde él podría salirle al paso cuando descendiese. Por otra parte, le inquietaba grandemente lo que pudiera ocurrir en el interior de la casa, y esta última reflexión le decidió a seguir al fugitivo. Para un marinero no es difícil trepar por una cadena de pararrayos. Pero una vez hubo llegado a la altura de la ventana, cerrada entonces, se vio en la imposibilidad de alcanzarla. Todo lo que pudo hacer fue dirigir una rápida ojeada al interior de la habitación. Lo que vio le sobrecogió de tal modo de terror que estuvo a punto de caer. Fue entonces cuando se oyeron los terribles gritos que despertaron, en el silencio de la noche, al vecindario de la rue Morgue. Madame L'Espanaye y su hija, vestidas con sus camisones, estaban, según parece, arreglando algunos papeles en el cofre de hierro ya mencionado, que había sido llevado al centro de la habitación. Estaba abierto, y esparcido su contenido por el suelo. Sin duda, las víctimas se hallaban de espaldas a la ventana, y, a juzgar por el tiempo que transcurrió entre la llegada del animal y los gritos, es probable que no se dieran cuenta inmediatamente de su presencia. El golpe del postigo debió de ser verosímilmente atribuido al viento.

Cuando el marinero miró al interior, el terrible animal había asido a Madame L'Espanaye por los cabellos, que, en aquel instante, tenía sueltos, por estarse peinando, y movía la navaja ante su rostro imitando los ademanes de un barbero. La hija yacía inmóvil en el suelo, desvanecida. Los gritos y los esfuerzos de la anciana (durante los cuales estuvo arrancando el cabello de su cabeza) tuvieron el efecto de cambiar los probables propósitos pacíficos del orangután en pura cólera. Con un decidido movimiento de su hercúleo brazo le separó casi la cabeza del tronco. A la vista de la sangre, su ira se convirtió en frenesí. Con los dientes apretados y despidiendo llamas por los ojos, se lanzó sobre el cuerpo de la hija y clavó sus terribles garras en su garganta, sin soltarla hasta que expiró. Sus extraviadas y feroces miradas se fijaron entonces en la cabecera del lecho, sobre la cual la cara de su amo, rígida por el horror, apenas si se distinguía en la oscuridad. La furia de la bestia, que recordaba todavía el terrible látigo, se convirtió instantáneamente en miedo. Comprendiendo que lo que había hecho le hacía acreedor de un castigo, pareció deseoso de ocultar su sangrienta acción. Con la angustia de su agitación y nerviosismo, comenzó a dar saltos por la alcoba, derribando y destrozando los muebles con sus movimientos y levantando los colchones del lecho. Por fin, se apoderó del cuerpo de la joven y a empujones lo introdujo por la chimenea en la posición en que fue encontrado. Inmediatamente después se lanzó sobre el de la madre y lo precipitó de cabeza por la ventana.

Al ver que el mono se acercaba a la ventana con su mutilado fardo, el marinero retrocedió horrorizado hacia la cadena, y, más que agarrándose, dejándose deslizar por ella, se fue inmediata y precipitadamente a su casa, con el temor de las consecuencias de aquella horrible carnicería, y abandonando gustosamente, tal fue su espanto, toda preocupación por lo que pudiera sucederle al orangután. Así, pues, las voces oídas por la gente que subía las escaleras fueron sus exclamaciones de horror, mezcladas con los diabólicos parloteos del animal.

Poco me queda que añadir. Antes del amanecer, el orangután debió de huir de la alcoba, utilizando la cadena del pararrayos. Maquinalmente cerraría la ventana al pasar por ella. Tiempo más tarde fue capturado por su dueño, quien lo vendió por una fuerte suma para el Jardín des plantes. Después de haber contado cuanto sabíamos, añadiendo algunos comentarios por parte de Dupin, en el bureau del Prefecto de Policía, Le Bon fue puesto inmediatamente en libertad. El funcionario, por muy inclinado que estuviera en favor de mi amigo, no podía disimular de modo alguno su mal humor, viendo el giro que el asunto había tomado y se permitió una o dos frases sarcásticas con respecto a la corrección de las personas que se mezclaban en las funciones que a él le correspondían.

–Déjele que diga lo que quiera –me dijo luego Dupin, que no creía oportuno contestar–. Déjele que hable. Así aligerará su conciencia. Por lo que a mí respecta, estoy contento de haberle vencido en su propio terreno. No obstante, el no haber acertado la solución de este misterio no es tan extraño como él supone, porque, realmente, nuestro amigo el Prefecto es lo suficientemente agudo para pensar sobre ello con profundidad. Pero su ciencia carece de base. Todo él es cabeza, mas sin cuerpo, como las pinturas de la diosa Laverna, o, por mejor decir, todo cabeza y espalda, como el bacalao. Sin embargo, es una buena persona. Le aprecio particularmente por un rasgo magistral de hipocresía, al cual debe su reputación de hombre de talento. Me refiero a su modo de *nier ce quiest, et d'expliquer ce quin'est pas.*

Un descenso por el Maelström

(1841)

Los métodos de Dios, tanto en las manifestaciones de la naturaleza como en las de su providencia, no se asemejan a los nuestros; ni los modelos que forjamos corresponden en manera alguna a la inmensidad, la sublimidad y la inescrutabilidad de sus obras, más profundas aún que el manantial de Demócrito.

Jóseph Glánvill.

Habíamos llegado a la cima de la roca más elevada. Durante algunos minutos pareció el viejo demasiado exhausto para hablar.

"No hace mucho," dijo al cabo, "que hubiera podido yo guiaros en esta ruta tan bien como el más joven de mis hijos; pero hace cerca de tres años que me ocurrió un incidente que jamás ha sucedido a mortal alguno, o por lo menos, el hombre a quien le aconteciera no ha sobrevivido para contarlo; y las seis horas de angustioso terror que sufrí entonces me destrozaron de cuerpo y alma.

Vos me creéis un anciano; mas no lo soy. Menos de un día fue necesario para cambiar en blancos estos cabellos que eran negros como el azabache, para debilitar mis miembros y aflojar mis nervios hasta el punto de que tiemblo al menor esfuerzo y me asusto de una sombra. ¿Imagináis que apenas puedo mirar desde este pequeño acantilado sin sentirme desvanecido?"

El "pequeño acantilado" de que hablaba, y sobre cuyo ápice se había negligentemente a descansar de manera que la parte más pesada de su cuerpo colgaba fuera, protegiéndose únicamente contra la caída con uno de sus codos que apoyaba en su escurridizo borde; este "pequeño acantilado" era un peñasco que se elevaba sobre un escarpado precipicio de rocas negras y pulidas, a mil quinientos o mil seiscientos pies sobre el mundo de escollos que se divisaba abajo. Nada me habría decidido a acercarme a media docena de yardas de su margen.

En realidad, me sentía tan profundamente emocionado por la peligrosa posición de mi compañero, que me tiré al suelo de largo a largo, prendido de los arbustos que tenía cerca, y sin atreverme a mirar ni tan siquiera el cielo, mientras luchaba en vano conmigo mismo para persuadirme de que las propias bases de la montaña no estaban en peligro con la furia del viento. Pasó largo tiempo antes de que pudiera raciocinar lo suficiente para cobrar el valor de sentarme y mirar a la distancia.

«Debéis desprenderos de esas fantasías," decía el guía, "porque os he traído aquí para que podáis gozar del mejor punto de vista para apreciar el suceso a que antes hice alusión, y referiros la historia completa mientras contempláis el paraje a que se refiere.

"Nos encontramos," continuó, con aquella peculiar manera que le distinguía, "nos encontramos muy cerca de la costa noruega, a los sesenta y ocho grados de latitud, en la gran provincia de Nordland, y en el funesto distrito de Lofoden.

La montaña sobre cuya cima nos encontramos es Helseggen, la Nebulosa. Ahora alzaos un poco, cogeos de la hierba, si os sentís desvanecidos, así, y mirad el mar detrás de la zona de vapor que nos rodea."
Miré aturdidamente, y pude contemplar una ancha extensión del océano, cuyas aguas tenían tal color de tinta que me hizo recordar inmediatamente los relatos del *Mare Tenebrarum* del geógrafo nubio. La mente humana no podría concebir paisaje más desolado. A derecha e izquierda, tan lejos como la vista podía abarcar, se extendían , imitando los baluartes del universo, hileras de pavorosas rocas negras y escarpadas, cuyo lúgubre aspecto se realzaba poderosamente con el bramido del oleaje que estrellaba contra ellas su blanca y fantástica cresta, aullando y lamentándose por toda la eternidad. Exactamente frente al promontorio sobre cuyo ápice nos encontrábamos, y a distancia de cinco o seis millas en el mar, podía distinguirse una isla pequeña y blanquizca; o hablando con más propiedad, podía discernirse su posición por la violencia de la marejada que la envolvía. A dos millas más o menos en dirección de tierra, se levantaba otro islote más pequeño, horriblemente escarpado y estéril, y circundado a diversos intervalos por un hacinamiento de negras rocas.
El aspecto del océano, en el espacio comprendido entre la playa y el islote más distante, era muy inusitado. Aun cuando en aquel momento soplaban ráfagas de viento tan violentas hacia tierra que un bergantín al largo, muy lejos, se mantenía con todos los rizos tomados, y su casco

entero se hundía constantemente fuera de la vista, no había, sin embargo, el menor oleaje, sino simplemente una especie de rápido, corto y enfurecido movimiento del agua en todas direcciones, tanto en sentido del viento como hacia cualquier otro lado. Apenas se veía espuma, excepto en la inmediata proximidad de las rocas.

"La isla que se ve a la distancia," resumió el anciano, "es llamada Vurrgh por los noruegos. La otra, a la mitad del camino, es Móskoe. Aquélla, a una milla al norte, es Ambaaren. Más lejos están Islesen, Hótholm, Keíldhelm, Suarven y Búckholm. Más allá todavía, entre Móskoe y Vurrgh, se encuentran Ótterholm, Flimen, Sandflesen y Stockolm. Éstos son los verdaderos nombres de las islas; pero la razón por la cual se haya pensado en denominarlas todas es cosa que vos no podréis comprender ni la comprendo yo tampoco. ¿Oís algo ahora? ¿Notáis algún cambio en el agua?"

Haría diez minutos más o menos que nos encontrábamos en lo alto de la roca de Helseggen, hasta donde habíamos subido por el interior de Lofoden, de manera que no pudimos ver el mar hasta que se ofreció de un golpe a nuestros ojos desde el ápice. En tanto que el viejo hablaba, advertía yo un fuerte ruido que iba en aumento, semejante al estruendo de un enorme rebaño de búfalos en alguna pradera americana; notando al mismo tiempo que el movimiento que los marinos denominan el escarceo del océano, se convertía rápidamente a nuestra vista en una corriente que se dirigía al este. Ante mis propios ojos adquiría esta corriente monstruosa velocidad. Cada minuto aumentaba su rapidez, su impetuosa precipitación. En cinco minutos el océano entero hasta Vurrgh hallábase poseído de furia desenfrenada e indomable; pero sobre todo entre Móskoe y la costa dominaba el tumulto mayor. Allí el vasto lecho de las aguas se hendía y se rasgaba en mil canales divergentes, estallaba repentinamente en convulsión frenética, hinchándose, hirviendo, silbando, girando en vórtices gigantescos e innumerables y precipitándose en remolinos hacia el este con rapidez que jamás asume el agua, excepto en caídas torrenciales.

En algunos minutos presentí un cambio radical en la escena. La superficie general se niveló algo más, desaparecieron los remolinos uno a uno, mientras se marcaban rayas prodigiosas de espuma donde nada sé veía un momento antes.

Estas rayas al fin, extendiéndose a gran distancia, entraron a su vez en el movimiento giratorio de los remolinos desaparecidos y formaron la base de un vórtice mucho más vasto. Súbitamente, muy de súbito, todo aquello tomó vida definitiva y distinta en un circuito de más de una milla de diámetro. El extremo del remolino se marcaba por una ancha faja de brillante espuma; pero ni una sola partícula se deslizaba entre las fauces del terrorífico cañón: cuyo interior, hasta donde la mirada podía sondear, era un muro de agua, liso, negro y brillante, inclinándose sobre el horizonte en un ángulo de cuarenta y cinco grados más o menos, girando vertiginosamente en redondo con movimiento ondulatorio y circular, y lanzando a los aires una voz pavorosa mitad alarido mitad bramido, tal, que ni la potente catarata del Niágara levanta jamás al cielo en su agonía.

La montaña temblaba hasta su base, y la roca se bamboleaba. Me arrojé de cara contra el suelo sujetándome de las escasas hierbas, en el exceso de mi agitación nerviosa.

«Esto,» dije al cabo al anciano, «esto no puede ser otra cosa que el gran remolino del Maelström.»

"Así le llaman a veces," respondió él. "Nosotros los noruegos le llamamos Móskoe-tröm, por la isla que está a mitad de su camino."

Los relatos ordinarios respecto de este vórtice no me habían preparado a lo que presenciaba. El de Jonás Ramus, quizá el más detallado entre todos, no procura la concepción más débil de la magnificencia y horror de la escena, ni de la intensa y asombrosa sensación de *novela* que confunde al observador. No estoy seguro del punto de dónde presenció el espectáculo el autor aludido, ni del momento en que aquello se realizó; pero seguramente no ha sido del ápice del Helseggen, ni durante una tempestad.

Hay, sin embargo, ciertos pasajes en su descripción que pueden citarse en razón de los detalles, aunque su efecto sea excesivamente atenuado para dar la impresión de esta escena.

"Entre Lofoden y Móskoe" dice el escritor mencionado, "la profundidad del agua es de treinta y seis a cuarenta brazas; pero del otro lado, hacia Ver (Vurrgh), esta profundidad disminuye hasta el punto de no permitir el paso de un buque sin que corra el riesgo de estrellarse contra las rocas, lo cual sucede aun en el momento de mayor calma. A la hora del flujo, la corriente barre la zona comprendida entre Lofoden y Móskoe con rapidez tumultuosa; pero el estruendo de su impetuoso reflujo hacia el mar podría apenas igualarse por la más retumbante y temible catarata; escuchándose este ruido a muchas leguas a la redonda, y siendo el vórtice o remolino tan vasto y tan profundo, que si algún buque entrara dentro de su radio de atracción, sería cogido inevitablemente y arrastrado hasta el fondo, destrozándose allí contra las rocas; y podrían verse los fragmentos arrojados de nuevo a la playa al volver de la marea. Pero estos intervalos de tranquilidad tienen lugar solamente en el buen tiempo y a la vuelta del flujo y el reflujo, prolongándose alrededor de un cuarto de hora, después de cuyo tiempo se presenta de nuevo gradualmente la violencia del fenómeno. Cuando la corriente es más tumultuosa y su furia se aumenta con alguna tempestad, es peligroso encontrarse dentro de una milla en aguas de Noruega. Barcas, yates y buques de mayor calado se han visto arrastrados por falta de cautela para mantenerse lejos de su atracción. Ha sucedido también frecuentemente que encontrándose ballenas cerca de la corriente, hayan sido arrebatadas por su violencia; y es imposible describir sus bramidos y resoplidos en aquel momento en medio de sus esfuerzos infructuosos para escapar. Cierta vez, un oso, tratando de atravesar a nado de Lofoden a Móskoe, fue cogido y arrastrado por la corriente, mientras rugía de manera horrible que pudo oírse hasta la playa. Gran cantidad de pinos y abetos, después de haber sido absorbidos por el remolino, vuelven a aparecer arriba, tan destrozados y batidos que parece que les hubieran brotado cerdas. Esto demuestra claramente que el fondo está formado de agudas rocas entre las cuales se estrellan los objetos de un lado a otro. La corriente está regulada por el flujo y reflujo del mar que cambia constantemente cada seis horas. El año 1645, temprano en la mañana del domingo de sexagésima, rayaba en tal furia el estruendo e impetuosidad del fenómeno, que las piedras de algunas casas de la costa cayeron por efecto de su violencia.» Con respecto a la profundidad del agua, no veo cómo haya podido especificarse en la inmediata proximidad del vórtice. Las «cuarenta brazas» deben referirse solamente a aquella parte del canal cerca de las playas de Móskoe o de Lofoden. La profundidad en el centro del Móskoe-ström debe ser enormemente mayor; y basta para comprobar este hecho la ojeada que es posible lanzar, siquiera lateralmente, a los abismos del remolino desde el pico más alto del Helseggen. Mirando desde aquella altura el rugiente Phlégeton no pude evitar una sonrisa al recordar la sencillez con que el honrado Jonás Ramus menciona, como algo muy difícil de creer, las anécdotas del oso y las ballenas; porque me parecía, en verdad, la cosa más evidente, que los buques de guerra de mayor calado que llegaran a encontrarse dentro de esta terrible vorágine, podían resistirse tanto como una pluma en el huracán y serían arrebatados inmediatamente, sin la menor duda. Las hipótesis para explicar este fenómeno, algunas de las cuales me parecían suficientemente plausibles en lectura, según recuerdo, se me presentaban en aquel momento a la imaginación con aspecto muy diferente y poco satisfactorio.

La idea generalmente aceptada es que este vórtice, lo mismo que otros tres más pequeños en las islas de Férroe, "no tiene otra causa que el choque de las olas al levantarse y al caer, durante el flujo y el reflujo, sobre un parapeto de rocas y bajíos que confina el agua, de manera que se precipitan allí como una catarata; y de consiguiente, mientras más sube la marea más profunda es la caída, y el resultado lógico es un remolino o vórtice cuya prodigiosa succión está suficientemente comprobada por menores experimentos." Estas palabras son de la *Encyclopaedia Britannica*. Kírcher y otros imaginan que en el centro del canal del Maelström hay un abismo que penetra el globo y desemboca en alguna región remota, el golfo de Botnia se ha indicado casi definitivamente en cierta ocasión. Esta opinión, frívola en sí misma, era a la que más se inclinaba mi mente mientras observaba el fenómeno; y al mencionarla al guía, quedé algo sorprendido de oírle decir que aun cuando aquella era la idea casi universalmente acogida a este respecto por los noruegos, no era la suya, sin embargo. Como primera proposición declaró, a pesar de todo, su incapacidad de comprender el fenómeno; y en esto convine con él, pues aunque concluyente sobre el papel, toda explicación resulta ininteligible y aun absurda entre el retumbar del abismo.

"Habéis observado bastante el remolino ahora," dijo el viejo, "y si os arrastráis en redondo sobre la roca hasta poneros a sotavento para que llegue a vuestros oídos algo amortiguado el bramido de las aguas, os referiré una historia que os convencerá de que tengo motivos para saber algo del Móskoe-ström."

Me coloqué como deseaba, y el guía comenzó: «Poseía yo, en compañía de mis dos hermanos, una embarcación pequeña, aparejada en goleta, con capacidad de setenta toneladas más o menos, en la cual teníamos la costumbre de ir a pescar entre los islotes que quedan más allá de Móskoe, cerca de Vurrgh. En todas las corrientes violentas del océano se encuentra buena pesca en su oportunidad, siempre que se tenga el valor suficiente para ir a buscarla; pero entre todos los mozos de la costa de Lofoden, éramos nosotros los únicos que salíamos regularmente a pescar a las islas, como os he dicho. El sitio acostumbrado, por los pescadores está mucho más lejos, allá abajo, hacia el sur. Allí se encuentra pesca a todas horas sin gran peligro y es, por consiguiente, el lugar preferido. Sin embargo, los sitios elegidos por nosotros, aquí, entre las rocas, ofrecían no sólo la más delicada variedad de pesca, sino en mucha mayor abundancia; de manera que frecuentemente conseguíamos en un solo día lo que otros más tímidos en el oficio no podían reunir en toda una semana. En verdad, esto representaba para nosotros una especulación desesperada, en que el riesgo de la vida era la labor y el ánimo respondía como capital.

"Guardábamos la goleta en una ensenada a cinco millas más arriba de la costa respecto del lugar en que nos encontramos; y en el buen tiempo solíamos aprovechar de los quince minutos de calma para atravesar el canal principal del Móskoe-ström, muy lejos del vórtice, y ponernos luego al ancla allá por Ótterham o Sandflesen, donde el reflujo no es tan violento como en otras partes. Acostumbrábamos a quedarnos allí hasta que se aproximaba el momento de la nueva marea, que teníamos en cuenta para regresar. Nunca salíamos a esta clase de expediciones sin contar con viento firme para el regreso, viento que estuviéramos seguros no había de fallar; y rara vez nos equivocamos en este punto. Dos veces solamente en seis años nos vimos obligados a pasar toda la noche al ancla a causa de calma chicha, lo que es raro, en verdad, en estos parajes; y otra vez tuvimos que quedarnos en aquellos sitios, muertos de hambre, casi una semana, debido a un viento huracanado que comenzó a soplar poco después de nuestro arribo y que ponía el canal demasiado tempestuoso para pensar en atravesarlo. En aquella ocasión hubiéramos sido arrebatados por el mar, a pesar de todo, pues los remolinos nos arrastraban en redondo con tal violencia que hubimos de encepar el ancla y comenzar a rastrearla; hasta que, afortunadamente, entramos en una de las innumerables corrientes atravesadas que se encuentran hoy aquí, mañana allí, la cual nos arrastró a sotavento de Flimen, donde pudimos abordar.

"No podría relataros la vigésima parte de las dificultades a que nos veíamos obligados a hacer frente en el terreno; es mal paraje para encontrarse allí, aun en el buen tiempo; pero nos dábamos maña para escapar sin accidentes de las garras del Móskoe-ström, aunque en ciertas ocasiones tenía el corazón en la boca cuando sucedía que lleváramos un minuto de retraso o de adelanto sobre la marea. A veces el viento no era tan fuerte al partir como lo habíamos calculado, y entonces avanzábamos menos de lo que habríamos deseado, mientras la corriente hacía ingobernable la embarcación. Mi hermano mayor tenía un hijo de dieciocho años, y por mi parte, tenía yo dos robustos mozos hijos míos.

"Ellos nos habrían ayudado muchísimo en algunas ocasiones para manejar los remos y luego para pescar; pero, aun cuando nosotros nos arriesgáramos voluntariamente, no teníamos alma de poner en peligro a los muchachos porque, hay que decirlo de una vez, el peligro era horrible; ésta es la verdad.

"Dentro de pocos días se cumplirán tres años desde que sucedió lo que voy a relataros. Era el 10 de agosto de 18–, día que la gente de este lado del mundo jamás olvidará, porque se desató el huracán más formidable que jamás envió el cielo. Y sin embargo, toda la mañana, y aun hasta avanzada la tarde, hubo una brisa sudoeste, suave y constante, mientras brillaba el sol en todo su esplendor; de manera que ni los marinos más viejos habrían podido pronosticar lo que iba a suceder.

"Nosotros tres, mis dos hermanos y yo, cruzamos hacia las dos de la tarde en dirección a las islas, y pronto tuvimos casi llena la embarcación de pescado fino que, según todos pudimos notarlo, abundaba mucho más aquel día que en todas las ocasiones que podíamos recordar.

Eran justamente las siete, *por mi reloj,* cuando levamos ancla para regresar, contando con atravesar la peor parte del Ström en el intermedio de calma de las mareas, que sabíamos tendría lugar a las ocho.

"Salimos con viento fresco cuarto estribor, y durante algún tiempo corrimos el largo a gran velocidad sin soñar con peligros, porque no había en realidad la más pequeña razón para preverlos. De pronto, nos cogió en facha una ráfaga que venía del Helseggen. Era esto lo más inusitado, algo que jamás nos había sucedido, y comencé a sentirme inquieto, sin saber exactamente el porqué. Pusimos la embarcación al viento, pero sin poder absolutamente avanzar a causa de los remolinos; y estaba ya a punto de proponer que regresáramos a ponernos al ancla cuando, mirando a popa, observamos todo el horizonte cubierto de una nube singular de color de cobre, que se levantaba con aterradora velocidad.

"Al mismo tiempo cayó la brisa que nos había cogido y quedamos en calma chicha, impelidos por la corriente en todas direcciones. Este estado de cosas no duró, sin embargo, lo suficiente para dejamos tiempo de meditar. En menos de un minuto la borrasca estaba sobre nuestras cabezas; en menos de dos, el cielo se encapotó completamente; y con esto, y la espuma que volaba, se volvió súbitamente tan obscuro que no podíamos vemos unos a otros en el barco.

"Sería locura intentar describir huracán tal como el que se desencadenó aquel día. Los más viejos marinos de Noruega jamás habían presenciado cosa parecida.

Habíamos dejado diestramente correr las velas antes de que pudiera cogerlas la borrasca; pero a la primera ráfaga del vendaval, ambos mástiles cayeron por la borda como cortados de un golpe, llevándose consigo el palo mayor al más joven de mis hermanos que se había hecho atar por seguridad.

"Nuestro barco era tan liviano como la pluma más tenue que jamás hubiera flotado sobre el mar. Tenía la cubierta completamente corrida, con una pequeña escotilla cerca de la proa, la que siempre acostumbrábamos cerrar al cruzar el Ström como precaución contra el mar agitado. Pero en esta ocasión pudimos habernos ido a pique inmediatamente, porque en ciertos momentos estábamos completamente cubiertos por el agua. No puedo decir cómo escapó entonces mi hermano mayor, porque jamás tuve oportunidad de averiguarlo. En cuanto a mi, tan pronto como nos armamos a la trinquetada, me tendí de plano sobre la cubierta con los pies en la estrecha regala de la borda del combés de proa, y apretando con las manos una argolla que había cerca del palo de trinquete. Simplemente el instinto me empujó a realizar todo esto, que indudablemente era lo mejor que podía hacer, pues estaba demasiado trastornado para pensar.

"Por momentos estábamos completamente inundados, como decía, y todo ese tiempo retenía yo el aliento sujetándome en la argolla. Cuando no pude resistir más, me levanté sobre las rodillas, sosteniéndome siempre con las manos, y así logré aclarar un poco mis ideas. En este momento nuestra pequeña embarcación daba una sacudida, exactamente como un perro cuando sale del agua, librándose así en cierto modo de las olas. Hacía yo esfuerzos por salir del estupor que me había dominado y determinar lo que podríamos hacer, cuando sentí que alguien me cogía del brazo. Era mi hermano mayor, y mi corazón saltó de alegría porque estaba cierto de que había perecido entre las olas; pero en seguida toda mi alegría se cambió en horror porque él, poniendo su boca sobre mi oído, gritó la sola palabra: *¡Móskoe-ström!*

«Nadie puede comprender lo que sentí en aquel momento. Me estremecí de pies a cabeza como si padeciera un violento acceso de calentura. Sabía bien lo que él quería decir con esta sola palabra; sabía bien lo que él trataba de hacerme comprender. ¡Con el viento que nos empujaba, íbamos directamente hacia el remolino del Ström y nada podía salvarnos!

«Como bien comprendéis, para cruzar el canal del Ström, tomábamos el camino muy arriba del remolino, aun en tiempo tranquilo, y luego aguardábamos y espiábamos cuidadosamente la marea; pero ¡ahora íbamos impelidos derechamente al abismo, a merced de semejante huracán! Es posible –pensé– que lleguemos allí justamente en el intermedio de las mareas, y entonces habrá alguna esperanza; pero en seguida me apostrofé por mi locura de soñar con esperanzas de ninguna clase. Sabía muy bien que estábamos perdidos, aunque nuestra embarcación hubiera sido diez veces más grande que un navío de noventa cañones.

"Por este tiempo el primer ímpetu de la tempestad se había calmado, o quizá no lo sentíamos tanto porque corríamos delante de ella; pero en todo caso, las aguas que al principio se mantenían bajas por el viento y continuaban planas y espumantes, se alzaban ahora tan altas como montañas. Un cambio singular se mostraba también en el cielo. Alrededor, en todas direcciones, estaba todavía tan negro como el pez, pero casi sobre nuestras cabezas se abrió de repente una grieta circular de firmamento claro, tan claro como nunca lo había contemplado antes, y de brillante azul profundo, a través del cual aparecía la luna llena con un resplandor que jamás le había conocido. Alumbraba todo con gran claridad a nuestro alrededor, mas ¡oh, Dios! ¡qué escena la que ponía al descubierto!

„Hice entonces una o dos tentativas para hablar a mi hermano; pero a causa de algo que yo no podía comprender, el estruendo había aumentado de manera que no pude hacerle entender una sola palabra, a pesar de que gritaba en sus oídos con toda la fuerza de mi voz. Entonces sacudió la cabeza, pálido como un muerto, y levantó uno de sus dedos como si dijera: *¡Escucha!*

„Al principio no pude comprender lo que quería decir, mas luego un horrible pensamiento me asaltó. Saqué el reloj de mi faltriquera. No andaba. Miré la esfera a la luz de la luna, y rompí a llorar mientras lo arrojaba a lo lejos en el océano. ¡Se había parado a las siete! ¡Estábamos atrasados respecto de la marea, y el remolino del Ström estaba en plena furia!

"Cuando un barco está bien construido, debidamente trincado y no lleva demasiado lastre, parece que las olas se deslizan bajo su quilla en una fuerte borrasca mientras las corre a lo largo, lo cual provoca la admiración de la gente de tierra, y es lo que en jerga marina se llama *correr las olas*.

"Bien; hasta entonces habíamos corrido el mar con bastante habilidad; pero en aquel momento nos cogió un gigantesco golpe de agua exactamente bajo la bovedilla, y nos arrebató conforme se elevaba, arriba, arriba, como si fuera a llegar hasta las nubes. Jamás hubiera creído que una ola pudiera levantarse a tal altura.

Y luego caímos con un ímpetu, un declive y una sacudida tal que me hizo sentir náuseas y vértigos como si me precipitaran en sueños de lo alto de una gran montaña. Pero mientras estuvimos arriba tuve tiempo de arrojar una rápida ojeada alrededor, y esta ojeada fue más que suficiente. Comprendí en un momento nuestra posición exacta. El abismo del Móskoe-ström se encontraba a un cuarto de milla de distancia; pero era tan semejante en aquellos momentos al Móskoe-ström de todos los días como puede asemejarse el remolino que veis ahora a un simple canal de molino. Si no hubiera sabido donde estábamos y lo que se nos esperaba, no habría reconocido el lugar. Como estaban las cosas, cerré los ojos involuntariamente por el horror. Mis párpados se apretaron uno contra otro como en un espasmo.

"No habrían transcurrido más de dos minutos cuando sentimos amansarse las olas súbitamente y nos encontramos envueltos en espuma.

El barco dio una media vuelta cerrada sobre babor y se disparó como un rayo en su nueva dirección. En el mismo instante el ruido fragoroso del agua se ahogó completamente en una especie de trémulo alarido, semejante al que se podría imaginar lanzado por los tubos de escape de un millar de barcos dejando todos escapar el vapor al mismo tiempo. Estábamos entonces en el cinturón de marejada que rodea siempre al remolino; y yo pensaba, por supuesto, que un momento más nos precipitaría en aquel abismo que podíamos discernir sólo de manera indistinta a causa de la enloquecedora velocidad con que éramos arrastrados. El barco no parecía absolutamente hundirse en las aguas, sino deslizarse sobre la superficie del oleaje como una burbuja de aire. Su lado de estribor daba al remolino, y el de babor ocultaba a nuestra vista el mundo de océano que habíamos dejado atrás se elevaba como un gran muro movible entre nosotros y el horizonte.

"Puede parecer extraño, pero, sin embargo, yo me sentía más dueño de mi cuando nos encontramos en las mismas fauces del vórtice que cuando nos aproximábamos a su horror. Habiendo perdido toda esperanza, me libré de gran parte de aquel terror que me inutilizaba al principio. Sospecho que fue la desesperación lo que templó mis nervios.

"Quizá creeréis que soy jactancioso, pero lo que digo es la pura verdad. Comencé a meditar cuan magnifico era morir de esta manera, y qué gran locura era la mía en detenerme en mezquinas consideraciones sobre mi propia vida en presencia de esta maravillosa manifestación del poder de Dios. Creo que enrojecí de vergüenza cuando esta idea atravesó mi espíritu. Pasado algún tiempo, me sentí poseído de la más viva curiosidad acerca del interior del remolino. Y sentí positivamente el *deseo* de explorar sus profundidades aun a costa del sacrificio de mi vida que ello implicaba; siendo mi principal pesar la idea de que jamás podría relatar a mis viejos camaradas de la costa los misterios que hubiera descubierto. Indudablemente eran éstas extrañas fantasías para ocupar la mente de un hombre en tal situación; y he pensado después varías veces que sin duda las revoluciones del barco alrededor del remolino me habían vuelto algo tonto.

"Otra circunstancia contribuyó también a devolverme mi sangre fría; y fue a cesación del viento que no podía alcanzarnos en esta posición; pues, como vos mismo lo podéis apreciar, el cinturón de marejada está considerablemente más bajo que el nivel general del océano, que formaba entonces sobre nosotros una alta, negra y enorme protuberancia. Si jamás habéis estado en el mar en ocasión de una borrasca, no podéis formaros idea de la confusión de ideas que resulta del viento y la lluvia combinados. Ciegan, ensordecen y ahogan, quitándoos toda facultad de acción o de reflexión. Pero entonces nos hallábamos libres en gran parte de estas molestias; exactamente como el condenado a muerte goza en su prisión de las pequeñas prerrogativas que le estaban prohibidas cuando su sentencia era todavía incierta.

"Imposible sería decir cuántas veces recorrimos el circuito de aquella zona. Corrimos en redondo quizás una hora, volando más que flotando, y acercándonos gradualmente al centro del remolino, y luego cada vez más y más cerca de su horrendo margen. Durante todo este tiempo no me había desprendido del anillo. Mi hermano estaba a popa, sujetándose de un pequeño barril de agua vacío, atado fuertemente al cuartel de la bovedilla, y que era el único objeto que no hubiera sido barrido por el mar cuando nos cogió el primer golpe del temporal. Al aproximarnos al borde del abismo, abandonó su punto de apoyo y trató de acogerse a la argolla, de la cual, en la agonía de su terror, intentaba separar mis manos, como si no fuera suficientemente grande para prestarnos a los dos apoyo seguro. Nunca he sentido pesar tan profundo como cuando le vi acometer este acto, aunque sabía que estaba loco al intentarlo, furiosamente insano por la fuerza de su terror. No me ocupé, por cierto, de disputarle el sitio. Sabía demasiado bien que lo mismo daba que tuviéramos o careciéramos de un punto de apoyo; así, le abandoné el anillo y me dirigí a popa en busca del barril. No había entonces gran dificultad para realizar esto, porque el barco volaba en redondo con bastante firmeza y equilibrio sobre su quilla, oscilando solamente acá y allá con las inmensas ondulaciones y remolinos del vórtice. Apenas me había asegurado en mi nueva posición, cuando dimos un violento vuelco a estribor y nos precipitamos en el abismo. Murmuré una agitada plegaria y creí que todo había terminado. Como sentía el agobiador mareo del descenso, apreté instintivamente mi abrazo al barril, y cerré los ojos. Durante algunos segundos no me atreví a abrirlos, esperando la destrucción instantánea, y me maravillaba de no sentirme ya en luchas mortales dentro del agua. Pero transcurrió un momento, luego otro. Vivía todavía. La sensación de caída había cesado, y el movimiento del buque se parecía mucho al anterior, como cuando nos encontrábamos en el cinturón de marejada, con la diferencia de que ahora se notaba más tendido. Cobre valor, y contemplé otra vez la escena.

«Nunca olvidaré la sensación de espanto, de horror y admiración con la cual miraba en derredor. El barco parecía colgado como por arte de magia a media altura sobre el interior de un canal de vasta circunferencia y maravillosa profundidad, cuyos costados perfectamente lisos podían haberse confundido con el ébano, a no ser por la rapidez vertiginosa con que giraban en redondo, y por el fantástico y radiante esplendor que despedían a los rayos de la luna llena, los cuales, desde aquella abertura circular entre las nubes que antes he descrito, bañaban en un torrente de gloría dorada los negros muros yendo a perderse entre las más remotas profundidades del abismo.

«Al principio estaba demasiado confuso para observar nada con atención. El despliegue general de aterradora grandeza era todo lo que podía percibir. Cuando me recobré un poco, sin embargo, mis miradas se dirigieron instintivamente hacia abajo. En aquella dirección me era posible obtener una perspectiva libre por la posición en que se encontraba la goleta sobre la inclinada superficie del vórtice. El barco se mantenía casi recto sobre su quilla; es decir, la cubierta estaba en plano paralelo con el agua, pero con declive de más de cuarenta y cinco grados, de manera que parecíamos acostados sobre la extremidad de nuestros baos. No pude menos de observar que, a pesar de todo, apenas tenía mayor dificultad para mantenerme en pie y caminar en esta posición que si hubiéramos estado en un plano horizontal; lo que era debido, supongo, a la velocidad de nuestras revoluciones.

"Los rayos de la luna parecían penetrar hasta el mismo seno del profundo golfo; pero no pude ver nada distintamente a causa de una espesa lluvia en que todo estaba envuelto, y sobre la cual se tendía un magnífico arco iris semejando el estrecho y vacilante puente que, según aseguran los musulmanes, es la única vía entre el Tiempo y la Eternidad. Esta lluvia o rocío, era ocasionada indudablemente por el choque de los grandes muros al confundirse en el fondo; pero no me atrevo a describir el alarido que brotaba hasta los cielos desde el centro de aquella profundidad.

"Nuestro primer salto en el abismo desde la zona espumosa arriba nos llevó a gran distancia en la pendiente; pero el descenso posterior no seguía la misma proporción absolutamente. Girábamos y girábamos en redondo, no con movimiento uniforme, sino en vertiginosas sacudidas y oscilaciones que nos arrojaban a veces solamente unas cincuenta yardas, mientras nos hacían otras recorrer casi todo el circuito del remolino. Nuestro progreso hacia abajo en cada revolución era lento, mas perfectamente perceptible.

"Mirando en derredor sobre la vasta amplitud del líquido color de ébano que nos sostenía, pude notar que nuestro barco no era el único objeto que flotaba en el ámbito del torbellino. Encima y debajo de nosotros se veían fragmentos de buques, grandes masas de maderaje, y troncos de árboles, con muchos otros pequeños artículos, como piezas de mueblería, cajas destrozadas, barriles y duelas. He aludido antes a la extraordinaria curiosidad que me había asaltado en lugar de mis terrores primitivos. Parecía aumentar ésta en mí a medida que se aproximaba más y más mi fatal sentencia. Comencé entonces a observar con extraño interés los numerosos objetos que flotaban en nuestra compañía. Debo haber estado delirante, porque hasta encontraba *distracción* en calcular la velocidad relativa de su variado descenso hacia el espumante fondo. Este abeto —me sorprendí diciendo una vez— será ciertamente el primero que dé el gran salto y desaparezca; quedando luego desconcertado al ver que los despojos de un buque mercante holandés le tomaban la delantera y se sumergían primero. Al fin, después de varios cálculos de esta naturaleza y de advertir que me engañaba en todos ellos, este hecho, el hecho repetido de mi invariable error, me inspiró una serie de ideas que hicieron nuevamente temblar mis miembros y batir con pesadez mi corazón.

"No era un nuevo terror lo que así me afectaba, sino al contrario la aurora de una incipiente y alentadora esperanza. Esta esperanza brotó en parte del recuerdo de lo que en otras ocasiones había presenciado, y en parte de la observación del momento. Rememoré que gran cantidad del material flotante regado en la costa de Lofoden había sido absorbido y vuelto a arrojar por el Móskoe-ström. En su mayor parte estaban aquellos despojos horriblemente destrozados, tan apastados y ásperos que tenían solamente la apariencia de un montón de astillas; pero recordé también que había algunos que no estaban desfigurados en absoluto. Luego, no había a que atribuir esta diferencia, a menos que se supusiera que los fragmentos destrozados eran los únicos que habían sido *completamente absorbidos;* y que los otros, sea por haber entrado al torbellino en un período avanzado de la marea o por cualquiera otra razón, habían descendido tan lentamente después de su absorción, que no llegaron al fondo antes del momento en que cambiara la corriente del flujo o del reflujo, según las circunstancias. Concebí por último la posibilidad de que hubieran sido devueltos de esta manera por el remolino hasta el nivel del océano, sin sufrir la suerte de los que entraron primero o fueron absorbidos con mayor rapidez. Hice, además, tres importantes observaciones. La primera fue que, como regla general, mientras más grandes eran los cuerpos, más rápido era su descenso; la segunda que, entre masas de igual volumen, una esférica y otra de cualquiera otra forma, la superioridad de velocidad para descender correspondía a la esférica; y tercera que, entre dos cuerpos de igual tamaño, uno de ellos cilíndrico y el otro de *cualquiera otra forma*, el cilíndrico era absorbido más lentamente. Desde mi salvamento, he tenido varias conversaciones sobre este tema con un viejo maestro de escuela del distrito; y supe por él lo que significaban las palabras *esférico* y *cilíndrico*. Él me explicó también, aun cuando después haya olvidado la explicación, cómo lo que yo observé era verdaderamente la consecuencia natural de la forma de los fragmentos flotantes; y me mostró cómo sucedía que un cilindro arrastrado en un vórtice ofrece más resistencia para la succión y es absorbido con mayor dificultad que otro cuerpo de igual volumen y de cualquiera otra forma.

"Hubo una circunstancia que hirió mi imaginación, haciéndome adelantar mucho en la vía de estas observaciones y volviéndome ansioso de ponerlas en práctica; y fue que a cada revolución dejábamos atrás algo semejante a un barril o quizá la verga o mástil de algún buque, mientras muchos otros objetos que habían estado a nuestro nivel cuando abrí los ojos por primera vez a las maravillas del abismo, se encontraban ahora mucho más arriba de nosotros y parecían haber avanzado muy poco de su primera posición.

"No vacilé más. Resolví atarme fuertemente al tonel vacío que me servía de apoyo en aquel momento, y lanzarme con él al agua. Traté de llamar la atención de mi hermano señalando a los barriles que flotaban cerca de nosotros, e hice cuanto estuvo en mi poder para explicarle lo que intentaba acometer. Creo que al fin me comprendió; mas fuera éste o no el caso, sacudió la cabeza desesperadamente y rehusó abandonar su posición cerca de la argolla. Era imposible para mí llegar hasta él;

la ocasión no admitía retardo; y así, con amarga lucha le abandoné a su suerte, atándome al tonel con las mismas cuerdas que le sujetaban a la bovedilla; y me precipité en el mar sin más vacilación.

"El resultado fue precisamente el que esperaba. Como soy yo mismo quien os relata esta historia; como veis que llegué a escapar; y como conocéis ahora la forma en que realicé mi salvación; y debéis, por consiguiente, anticiparos todo lo que me falta decir, llevaré mi historia rápidamente a su conclusión. Habría pasado una hora o algo así después que abandoné la goleta cuando, habiendo descendido a gran distancia debajo del sitio en que yo me encontraba, dio tres o cuatro giros violentos en rápida sucesión y, arrastrando a mi amado hermano en su seno, se precipitó de una vez para siempre en el caos de espuma del abismo. El barril al cual me había yo atado hallábase algo más abajo de la distancia media entre el fondo del torbellino y el punto en que yo salté fuera del barco, cuando se presentó un gran cambio en la índole del remolino. La pendiente de los costados se volvió cada vez menos inclinada. Los giros se hicieron menos y menos violentos. Desaparecieron poco a poco la espuma y el arco iris; y el fondo del abismo pareció elevarse lentamente. El cielo estaba claro, el viento había caído, y la luna llena se ponía radiantemente en el oeste cuando me encontré en la superficie del océano, en frente de las playas de Lofoden y sobre el sitio en que el remolino del Móskoe-ström había existido. Era la hora de calma de la marea, pero todavía el mar se elevaba en olas como montañas por efecto del huracán. Me vi arrastrado violentamente hacia el canal del Ström, y en algunos minutos me arrebató la corriente abajo, hacia la costa donde estaban situadas las pesqueras de mis compañeros. Un bote me recogió exhausto de fatiga y, entonces que el peligro había ya pasado, mudo por el recuerdo de su horror. Los que me recibieron a bordo eran mis viejos camaradas y mis compañeros de todos los días; pero no me reconocieron, como tampoco habría yo reconocido a un viajero de la región de las sombras. Mi pelo, que había sido negro como el ala del cuervo el día anterior, estaba tan blanco como lo veis ahora. Dicen también que ha variado toda la expresión de mi fisonomía. Referirles mi historia; no la creyeron. Ahora os la relato a vos, sin esperanza de que le prestéis mayor fe de la que acostumbran a otorgarle los alegres pescadores de Lofoden."

El escarabajo
de oro

(1843)

I

¡Hola, hola! ¡Este mozo es un danzante loco!
Le ha picado la tarántula.
(Todo al revés.)

Hace muchos años trabé amistad íntima con un míster William Legrand. Era de una antigua familia de hugonotes, y en otro tiempo había sido rico; pero una serie de infortunios le habían dejado en la miseria. Para evitar la humillación consiguiente a sus desastres, abandonó Nueva Orleans, la ciudad de sus antepasados, y fijó su residencia en la isla de Sullivan, cerca de Charleston, en Carolina del Sur.

Esta isla es una de las más singulares. Se compone únicamente de arena de mar y tiene, más o menos, tres millas de largo. Su anchura no excede de un cuarto de milla. Está separada del continente por una ensenada apenas perceptible, que fluye a través de un yermo de cañas y légamo, lugar frecuentado por patos silvestres.

La vegetación, como puede suponerse, es pobre, o, por lo menos, enana. No se encuentran allí árboles de cierta magnitud. Cerca de la punta occidental, donde se alza el fuerte Moultrie y algunas miserables casuchas de madera habitadas durante el verano por las gentes que huyen del polvo y de las fiebres de Charleston, puede encontrarse es cierto, el palmito erizado; pero la isla entera, a excepción de ese punto occidental, y de un espacio árido y blancuzco que bordea el mar, está cubierta de una espesa maleza del mirto oloroso tan apreciado por los horticultores ingleses. El arbusto alcanza allí con frecuencia una altura de quince o veinte pies, y forma una casi impenetrable espesura, cargando el aire con su fragancia.

En el lugar más recóndito de esa maleza, no lejos del extremo oriental de la isla, es decir, del más distante, Legrand se había construido él mismo una pequeña cabaña, que ocupaba cuando por primera vez, y de un modo simplemente casual, lo conocí.

Este pronto acabó en amistad, pues había muchas cualidades en el recluso que atraían el interés y la estimación. Le encontré bien educado de una singular inteligencia, aunque infestado de misantropía, y sujeto a perversas alternativas de entusiasmo y de melancolía. Tenía consigo muchos libros, pero rara vez los utilizaba. Sus principales diversiones eran la caza y la pesca, o vagar a lo largo de la playa, entre los mirtos, en busca de conchas o de ejemplares entomológicos; su colección de éstos hubiera podido suscitar la envidia de un Swammerdamm.

En todas estas excursiones iba, por lo general, acompañado de un negro sirviente, llamado Júpiter, que había sido manumitido antes de los reveses de la familia, pero al que no habían podido convencer, ni con amenazas ni con promesas, a abandonar lo que él consideraba su derecho a seguir los pasos de su joven massa Will. No es improbable que los parientes de Legrand, juzgando que éste tenía la cabeza algo trastornada, se dedicaran a infundir aquella obstinación en Júpiter, con intención de que vigilase y custodiase al vagabundo.

Los inviernos en la latitud de la isla de Sullivan son rara vez rigurosos, y al finalizar el año resulta un verdadero acontecimiento que se requiera encender fuego. Sin embargo, hacia mediados de octubre de 18..., hubo un día de frío notable. Aquella fecha, antes de la puesta del sol, subí por el camino entre la maleza hacia la cabaña de mi amigo, a quien no había visitado hacía varias semanas, pues residía yo por aquel tiempo en Charleston, a una distancia de nueve millas de la isla, y las facilidades para ir y volver eran mucho menos grandes que hoy día. Al llegar a la cabaña llamé, como era mi costumbre, y no recibiendo respuesta, busqué la llave donde sabía que estaba escondida, abrí la puerta y entré. Un hermoso fuego llameaba en el hogar. Era una sorpresa, y, por cierto, de las agradables.

Me quité el gabán, coloqué un sillón junto a los leños chisporroteantes y aguardé con paciencia el regreso de mis huéspedes.

Poco después de la caída de la tarde llegaron y me dispensaron una acogida muy cordial. Júpiter, riendo de oreja a oreja, bullía preparando unos patos silvestres para la cena. Legrand se hallaba en uno de sus ataques —¿con qué otro término podría llamarse aquello?— de entusiasmo. Había encontrado un bivalvo desconocido que formaba un nuevo género, y, más aún, había cazado y cogido un escarabajo que creía totalmente nuevo, pero respecto al cual deseaba conocer mi opinión a la mañana siguiente.

–¿Y por qué no esta noche? –pregunté, frotando mis manos ante el fuego y enviando al diablo toda la especie de los escarabajos.

–¡Ah, si hubiera yo sabido que estaba usted aquí! –dijo Legrand–. Pero hace mucho tiempo que no le había visto, y ¿cómo iba yo a adivinar que iba usted a visitarme precisamente esta noche? Cuando volvía a casa, me encontré al teniente G***, del fuerte, y sin más ni más, le he dejado el escarabajo: así que le será a usted imposible verle hasta mañana. Quédese aquí esta noche, y mandaré a Júpiter allí abajo al amanecer. ¡Es la cosa más encantadora de la creación!

–¿El qué? ¿El amanecer?

–¡Qué disparate! ¡No! ¡El escarabajo! Es de un brillante color dorado, aproximadamente del tamaño de una nuez, con dos manchas de un negro azabache: una, cerca de la punta posterior, y la segunda, algo más alargada, en la otra punta. Las antenas son...

–No hay estaño en él, massa Will, se lo aseguro –interrumpió aquí Júpiter–; el escarabajo es un escarabajo de oro macizo todo él, dentro y por todas partes, salvo las alas; no he visto nunca un escarabajo la mitad de pesado.

–Bueno; supongamos que sea así –replicó Legrand, algo más vivamente, según me pareció, de lo que exigía el caso–. ¿Es esto una razón para dejar que se quemen las aves? El color –y se volvió hacia mí– bastaría para justificar la idea de Júpiter. No habrá usted visto nunca un reflejo metálico más brillante que el que emite su caparazón, pero no podrá usted juzgarlo hasta mañana... Entre tanto, intentaré darle una idea de su forma.

Dijo esto sentándose ante una mesita sobre la cual había una pluma y tinta, pero no papel. Buscó un momento en un cajón, sin encontrarlo.

—No importa —dijo, por último—; esto bastará.

Y sacó del bolsillo de su chaleco algo que me pareció un trozo de viejo pergamino muy sucio, e hizo encima una especie de dibujo con la pluma. Mientras lo hacía, permanecí en mi sitio junto al fuego, pues tenía aún mucho frío. Cuando terminó su dibujo me lo entregó sin levantarse. Al cogerlo, se oyó un fuerte gruñido, al que siguió un ruido de rascadura en la puerta.

Júpiter abrió, y un enorme terranova, perteneciente a Legrand, se precipitó dentro, y, echándose sobre mis hombros, me abrumó a caricias, pues yo le había prestado mucha atención en mis visitas anteriores. Cuando acabó de dar brincos, miré el papel, y, a decir verdad, me sentí perplejo ante el dibujo de mi amigo.

—Bueno —dije después de contemplarlo unos minutos—; esto es un extraño escarabajo, lo confieso nuevo para mí: no he visto nunca nada parecido antes, a menos que sea un cráneo o una calavera, a lo cual se parece más que a ninguna otra cosa que haya caído bajo mi observación.

—¡Una calavera! —repitió Legrand—. ¡Oh!, sí, bueno; tiene ese aspecto indudablemente en el papel. Las dos manchas negras parecen unos ojos, ¿eh? Y la más larga de abajo parece una boca; además, la forma entera es ovalada.

–Quizá sea así –dije–; pero temo que usted no sea un artista. Legrand. Debo esperar a ver el insecto mismo para hacerme una idea de su aspecto.

–En fin, no sé –dijo él, un poco irritado–: dibujo regularmente, o, al menos, debería dibujar, pues he tenido buenos maestros, y me jacto de no ser de todo tonto.

–Pero entonces, mi querido compañero, usted bromea –dije–: esto es un cráneo muy pasable puedo incluso decir que es un cráneo excelente, conforme a las vulgares nociones que tengo acerca de tales ejemplares de la fisiología; y su escarabajo será el más extraño de los escarabajos del mundo si se parece a esto. Podríamos inventar alguna pequeña superstición muy espeluznante sobre ello. Presumo que va usted a llamar a este insecto *scaruboeus caput hominis* o algo por el estilo; hay en las historias naturales muchas denominaciones semejantes. Pero ¿dónde están las antenas de que usted habló?

–¡Las antenas! –dijo Legrand, que parecía acalorarse inexplicablemente con el tema–. Estoy seguro de que debe usted de ver las antenas. Las he hecho tan claras cual lo son en el propio insecto, y presumo que es muy suficiente.

–Bien, bien –dije–; acaso las haya hecho usted y yo no las veo aún.

Y le tendí el papel sin más observaciones, no queriendo irritarle; pero me dejó muy sorprendido el giro que había tomado la cuestión: su mal humor me intrigaba, y en cuanto al dibujo del insecto, allí no había en realidad antenas visibles, y el conjunto se parecía enteramente a la imagen ordinaria de una calavera.

Recogió el papel, muy malhumorado, y estaba a punto de estrujarlo y de tirarlo, sin duda, al fuego, cuando una mirada casual al dibujo pareció encadenar su atención. En un instante su cara enrojeció intensamente, y luego se quedó muy pálida. Durante algunos minutos, siempre sentado, siguió examinando con minuciosidad el dibujo. A la larga se levantó, cogió una vela de la mesa, y fue a sentarse sobre un arca de barco, en el rincón más alejado de la estancia. Allí se puso a examinar con ansiedad el papel, dándole vueltas en todos sentidos. No dijo nada, empero, y su actitud me dejó muy asombrado; pero juzgué prudente no exacerbar con ningún comentario su mal humor creciente. Luego sacó de su bolsillo una cartera, metió con cuidado en ella el papel, y lo depositó todo dentro de un escritorio, que cerró con llave. Recobró entonces la calma; pero su primer entusiasmo había desaparecido por completo. Aun así, parecía mucho más abstraído que malhumorado. A medida que avanzaba la tarde, se mostraba más absorto en un sueño, del que no lograron arrancarle ninguna de mis ocurrencias. Al principio había yo pensado pasar la noche en la cabaña, como hacía con frecuencia antes; pero, viendo a mi huésped en aquella actitud, juzgué más conveniente marcharme. No me instó a que me quedase; pero al partir, estrechó mi mano con más cordialidad que de costumbre.

Un mes o cosa así después de esto (y durante ese lapso no volví a ver a Legrand), recibí la visita, en Charleston, de su criado Júpiter.

No había yo visto nunca al viejo y buen negro tan decaído, y temí que le hubiera sucedido a mi amigo algún serio infortunio.

–Bueno, Júpiter –dije–. ¿Qué hay de nuevo? ¿Cómo está tu amo?

–¡Vaya! A decir verdad, massa, no está tan bien como debiera.

–¡Que no está bien! Siento de verdad la noticia. ¿De qué se queja?

–¡Ah, caramba! ¡Ahí está la cosa! No se queja nunca de nada; pero, de todas maneras, está muy malo.

–¡Muy malo, Júpiter! ¿Por qué no lo has dicho en seguida? ¿Está en la cama?

–No, no, no está en la cama. No está bien en ninguna parte, y ahí le aprieta el zapato. Tengo la cabeza trastornada con el pobre massa Will.

–Júpiter, quisiera comprender algo de eso que me cuentas. Dices que tu amo está enfermo. ¿No te ha dicho qué tiene?

–Bueno, massa; es inútil romperse la cabeza pensando en eso. Massa Will dice que no tiene nada pero entonces ¿por qué va de un lado para otro, con la cabeza baja y la espalda curvada, mirando al suelo, más blanco que una oca? Y haciendo garrapatos todo el tiempo...

–¿Haciendo qué?

–Haciendo números con figuras sobre una pizarra; las figuras más raras que he visto nunca. Le digo que voy sintiendo miedo. Tengo que estar siempre con un ojo sobre él. El otro día se me escapó antes de amanecer y estuvo fuera todo el santo día. Había yo cortado un buen palo para darle una tunda de las que duelen cuando volviese a comer; pero fui tan tonto, que no tuve valor, ¡parece tan desgraciado!

–¿Eh? ¿Cómo? ¡Ah, sí! Después de todo has hecho bien en no ser demasiado severo con el pobre muchacho. No hay que pegarle, Júpiter; no está bien, seguramente. Pero ¿no puedes formarte una idea de lo que ha ocasionado esa enfermedad o más bien ese cambio de conducta? ¿Le ha ocurrido algo desagradable desde que no le veo?

–No, massa, no ha ocurrido nada desagradable desde entonces, sino antes; sí, eso temo: el mismo día en que usted estuvo allí.

–¡Cómo! ¿Qué quiere decir?

–Pues... quiero hablar del escarabajo, y nada más.

–¿De qué?

–Del escarabajo... Estoy seguro de que massa Will ha sido picado en alguna parte de la cabeza por ese escarabajo de oro.

–¿Y qué motivos tienes tú, Júpiter, para hacer tal suposición?

–Tiene ese bicho demasiadas uñas para eso, y también boca. No he visto nunca un escarabajo tan endiablado; coge y pica todo lo que se le acerca. Massa Will le había cogido..., pero en seguida le soltó, se lo aseguro... Le digo a usted que entonces es, sin duda, cuando le ha picado. La cara y la boca de ese escarabajo no me gustan; por eso no he querido cogerlo con mis dedos; pero he buscado un trozo de papel para meterlo. Le envolví en un trozo de papel con otro pedacito en la boca; así lo hice.

—¿Y tú crees que tu amo ha sido picado realmente por el escarabajo, y que esa picadura le ha puesto enfermo?

—No lo creo, lo sé. ¿Por qué está siempre soñando con oro, sino porque le ha picado el escarabajo de oro? Ya he oído hablar de esos escarabajos de oro.

—Pero ¿cómo sabes que sueña con oro?

—¿Cómo lo sé? Porque habla de ello hasta durmiendo; por eso lo sé.

—Bueno, Júpiter; quizá tengas razón, pero ¿a qué feliz circunstancia debo hoy el honor de tu visita?

—¿Qué quiere usted decir, massa?

—¿Me traes algún mensaje de míster Legrand?

—No, massa; le traigo este papel.

Y Júpiter me entregó una esquela que decía lo siguiente:

"Querido amigo: ¿Por qué no le veo hace tanto tiempo? Espero que no cometerá usted la tontería de sentirse ofendido por aquella pequeña brusquedad mía; pero no, no es probable.

"Desde que le vi, siento un gran motivo de inquietud. Tengo algo que decirle; pero apenas sé cómo decírselo, o incluso no sé si se lo diré.

"No estoy del todo bien desde hace unos días, y el pobre viejo Júpiter me aburre de un modo insoportable con sus buenas intenciones y cuidados. ¿Lo creerá usted? El otro día había preparado un garrote para castigarme por haberme escapado y pasado el día solo en las colinas del continente. Creo de veras que sólo mi mala cara me salvó de la paliza.

"No he añadido nada a mi colección desde que no nos vemos.

"Si puede usted, sin gran inconveniente, venga con Júpiter. Venga. Deseo verle esta noche para un asunto de importancia. Le aseguro que es de la más alta importancia. Siempre suyo, William Legrand."

Había algo en el tono de esta carta que me produjo una gran inquietud. El estilo difería en absoluto del de Legrand. ¿Con qué podía él soñar? ¿Qué nueva chifladura dominaba su excitable mente? ¿Qué "asunto de la más alta importancia" podía él tener qué resolver? El relato de Júpiter no presagiaba nada bueno. Temía yo que la continua opresión del infortunio hubiese a la larga trastornado por completo la razón de mi amigo. Sin un momento de vacilación, me dispuse a acompañar al negro.

Al llegar al fondeadero, vi una guadaña y tres azadas, todas evidentemente nuevas, que yacían en el fondo del barco donde íbamos a navegar.

–¿Qué significa todo esto, Jup? –pregunté.

–Es una guadaña, massa, y unas azadas.

–Es cierto; pero ¿qué hacen aquí?

–Massa Will me ha dicho que comprase eso para él en la ciudad, y lo he pagado muy caro; nos cuesta un dinero de mil demonios.

–Pero, en nombre de todo lo que hay de misterioso, ¿qué va a hacer tu "massa Will" con esa guadaña y esas azadas?

–No me pregunte más de lo que sé; que el diablo me lleve si lo sé yo tampoco. Pero todo eso es cosa del escarabajo.

Viendo que no podía obtener ninguna aclaración de

Júpiter, cuya inteligencia entera parecía estar absorbida por el escarabajo, bajé al barco y desplegué la vela. Una agradable y fuerte brisa nos empujó rápidamente hasta la pequeña ensenada al norte del fuerte Moultrie, y un paseo de unas dos millas nos llevó hasta la cabaña. Serían alrededor de las tres de la tarde cuando llegamos. Legrand nos esperaba preso de viva impaciencia.

Asió mi mano con nervioso empressement que me alarmó, aumentando mis sospechas nacientes. Su cara era de una palidez espectral, y sus ojos, muy hundidos, brillaban con un fulgor sobrenatural. Después de algunas preguntas sobre mi salud, quise saber, no ocurriéndoseme nada mejor que decir si el teniente G*** le había devuelto el escarabajo.

–¡Oh, sí! –replicó, poniéndose muy colorado–. Le recogí a la mañana siguiente. Por nada me separaría de ese escarabajo. ¿Sabe usted que Júpiter tiene toda la razón respecto a eso?

–¿En qué? –pregunté con un triste presentimiento en el corazón.

–En suponer que el escarabajo es de oro de veras.

Dijo esto con un aire de profunda seriedad que me produjo una indecible desazón.

–Ese escarabajo hará mi fortuna –prosiguió él, con una sonrisa triunfal– al reintegrarme mis posesiones familiares. ¿Es de extrañar que yo lo aprecie tanto? Puesto que la Fortuna ha querido concederme esa dádiva, no tengo más que usarla adecuadamente, y llegaré hasta el oro del cual ella es indicio. –¡Júpiter, trae ese escarabajo!

–¡Cómo! ¡El escarabajo, massa! Prefiero no tener jaleos con el escarabajo; ya sabrá cogerlo usted mismo.

En este momento Legrand se levantó con un aire solemne e imponente, y fue a sacar el insecto de un fanal, dentro del cual le había dejado. Era un hermoso escarabajo desconocido en aquel tiempo por los naturalistas, y, por supuesto, de un gran valor desde un punto de vista científico.

Ostentaba dos manchas negras en un extremo del dorso, y en el otro, una más alargada. El caparazón era notablemente duro y brillante, con un aspecto de oro bruñido. Tenía un peso notable, y, bien considerada la cosa, no podía yo censurar demasiado a Júpiter por su opinión respecto a él; pero érame imposible comprender que Legrand fuese de igual opinión.

–Le he enviado a buscar –dijo él, en un tono grandilocuente, cuando hube terminado mi examen del insecto–; le he enviado a buscar para pedirle consejo y ayuda en el cumplimiento de los designios del Destino y del escarabajo...

–Mi querido Legrand –interrumpí–, no está usted bien, sin duda, y haría mejor en tomar algunas precauciones. Váyase a la cama, y me quedaré con usted unos días, hasta que se restablezca. Tiene usted fiebre y...

–Tómeme usted el pulso –dijo él.

Se lo tomé, y, a decir verdad, no encontré el menor síntoma de fiebre.

–Pero puede estar enfermo sin tener fiebre. Permítame esta vez tan sólo que actúe de médico con usted. Y después...

–Se equivoca –interrumpió él–; estoy tan bien como puedo esperar estarlo con la excitación que sufro. Si realmente me quiere usted bien, aliviará esta excitación.

–¿Y qué debo hacer para eso?

–Es muy fácil. Júpiter y yo partimos a una expedición por las colinas, en el continente, y necesitamos para ella la ayuda de una persona en quien podamos confiar. Es usted esa persona única. Ya sea un éxito o un fracaso, la excitación que nota usted en mí se apaciguará igualmente con esa expedición.

–Deseo vivamente servirle a usted en lo que sea –repliqué–; pero ¿pretende usted decir que ese insecto infernal tiene alguna relación con su expedición a las colinas?

–La tiene.

–Entonces, Legrand, no puedo tomar parte en tan absurda empresa.

–Lo siento, lo siento mucho, pues tendremos que intentar hacerlo nosotros solos.

–¡Intentarlo ustedes solos! (¡Este hombre está loco, seguramente!) Pero veamos, ¿cuánto tiempo se propone usted estar ausente?

–Probablemente, toda la noche. Vamos a partir en seguida, y en cualquiera de los casos, estaremos de vuelta al salir el sol.

–¿Y me promete por su honor que, cuando ese capricho haya pasado y el asunto del escarabajo (¡Dios mío!) esté arreglado a su satisfacción, volverá usted a casa y seguirá con exactitud mis prescripciones como las de su médico?

—Sí, se lo prometo; y ahora, partamos, pues no tenemos tiempo que perder.

Acompañé a mi amigo, con el corazón apesadumbrado. A cosa de las cuatro nos pusimos en camino Legrand, Júpiter, el perro y yo. Júpiter cogió la guadaña y las azadas. Insistió en cargar con todo ello, más bien, me pareció, por temor a dejar una de aquellas herramientas en manos de su amo que por un exceso de celo o de complacencia. Mostraba un humor de perros, y estas palabras, "condenado escarabajo", fueron las únicas que se escaparon de sus labios durante el viaje.

Por mi parte estaba encargado de un par de linternas, mientras Legrand se había contentado con el escarabajo, que llevaba atado al extremo de un trozo de cuerda; lo hacía girar de un lado para otro, con un aire de nigromante, mientras caminaba.

Cuando observaba yo aquel último y supremo síntoma del trastorno mental de mi amigo, no podía apenas contener las lágrimas. Pensé, no obstante, que era preferible acceder a su fantasía, al menos por el momento, o hasta que pudiese yo adoptar algunas medidas más enérgicas con una probabilidad de éxito. Entre tanto, intenté, aunque en vano, sondearle respecto al objeto de la expedición. Habiendo conseguido inducirme a que le acompañase, parecía mal dispuesto a entablar conversación sobre un tema de tan poca importancia, y a todas mis preguntas no les concedía otra respuesta que un "ya veremos".

Atravesamos en una barca la ensenada en la punta de la isla, y trepando por los altos terrenos de la orilla del continente, seguimos la dirección Noroeste, a través de una región sumamente salvaje y desolada, en la que no se veía rastro de un pie humano.

Legrand avanzaba con decisión, deteniéndose solamente algunos instantes, aquí y allá, para consultar ciertas señales que debía de haber dejado él mismo en una ocasión anterior. Caminamos así cerca de dos horas, e iba a ponerse el sol, cuando entramos en una región infinitamente más triste que todo lo que habíamos visto antes. Era una especie de meseta cerca de la cumbre de una colina casi inaccesible, cubierta de espesa arboleda desde la base a la cima, y sembrada de enormes bloques de piedra que parecían esparcidos en mezcolanza sobre el suelo, y muchos de los cuales se hubieran precipitado a los valles inferiores sin la contención de los árboles en que se apoyaban. Profundos barrancos, que se abrían en varias direcciones, daban un aspecto de solemnidad más lúgubre al paisaje.

La plataforma natural sobre la cual habíamos trepado estaba tan repleta de zarzas, que nos dimos cuenta muy pronto de que sin la guadaña nos hubiera sido imposible abrirnos paso. Júpiter, por orden de su amo, se dedicó a despejar el camino hasta el pie de un enorme tulípero que se alzaba, entre ocho o diez robles, sobre la plataforma, y que los sobrepasaba a todos, así como a los árboles que había yo visto hasta entonces, por la belleza de su follaje y forma, por la inmensa expansión de su ramaje y por la majestad general de su aspecto. Cuando hubimos llegado a aquel árbol. Legrand se volvió hacia Júpiter y le preguntó si se creía capaz de trepar por él. El viejo pareció un tanto azarado por la pregunta, y durante unos momentos no respondió. Por último, se acercó al enorme tronco, dio la vuelta a su alrededor y lo examinó con minuciosa atención. Cuando hubo terminado su examen, dijo simplemente:

—Sí, massa: Jup no ha encontrado en su vida árbol al que no pueda trepar.

—Entonces, sube lo más de prisa posible, pues pronto habrá demasiada oscuridad para ver lo que hacemos.

—¿Hasta dónde debo subir, massa? —preguntó Júpiter.

—Sube primero por el tronco, y entonces te diré qué camino debes seguir... ¡Ah, detente ahí! Lleva contigo este escarabajo.

—¡El escarabajo, massa Will, el escarabajo de oro! —gritó el negro, retrocediendo con terror—. ¿Por qué debo llevar ese escarabajo conmigo sobre el árbol? ¡Que me condene si lo hago!

—Si tienes miedo, Jup, tú, un negro grande y fuerte como pareces a tocar un pequeño insecto muerto e inofensivo, puedes llevarle con esta cuerda; pero si no quieres cogerle de ningún modo, me veré en la necesidad de abrirte la cabeza con esta azada.

—¿Qué le pasa ahora massa? —dijo Jup, avergonzado, sin duda, y más complaciente—. Siempre ha de tomarla con su viejo negro. Era sólo una broma y nada más. ¡Tener yo miedo al escarabajo! ¡Pues sí que me preocupa a mí el escarabajo!

Cogió con precaución la punta de la cuerda, y, manteniendo al insecto tan lejos de su persona como las circunstancias lo permitían, se dispuso a subir al árbol.

II

En su juventud, el tulípero o Liriodendron Tutipiferum, el más magnífico de los árboles selváticos americanos tiene un tronco liso en particular y se eleva con frecuencia a gran altura, sin producir ramas laterales; pero cuando llega a su madurez, la corteza se vuelve rugosa y desigual, mientras pequeños rudimentos de ramas aparecen en gran número sobre el tronco. Por eso la dificultad de la ascensión, en el caso presente, lo era mucho más en apariencia que en la realidad. Abrazando lo mejor que podía el enorme cilindro con sus brazos y sus rodillas haciendo con las manos algunos brotes y apoyando sus pies descalzos sobre los otros, Júpiter, después de haber estado a punto de caer una o dos veces se izó al final hasta la primera gran bifurcación y pareció entonces considerar el asunto como virtualmente realizado. En efecto, el riesgo de la empresa había ahora desaparecido, aunque el escalador estuviese a unos sesenta o setenta pies de la tierra.

–¿Hacia qué lado debo ir ahora, massa Will? –preguntó él.

–Sigue siempre la rama más ancha, la de ese lado –dijo Legrand.

El negro obedeció con prontitud, y en apariencia, sin la menor inquietud; subió, subió cada vez más alto, hasta que desapareció su figura encogida entre el espeso follaje que la envolvía. Entonces se dejó oír su voz lejana gritando:

–¿Debo subir mucho todavía?

–¿A qué altura estás? –preguntó Legrand.

–Estoy tan alto –replicó el negro–, que puedo ver el cielo a través de la copa del árbol.

–No te preocupes del cielo, pero atiende a lo que te digo. Mira hacia abajo el tronco y cuenta las ramas que hay debajo de ti por ese lado. ¿Cuántas ramas has pasado?

–Una, dos, tres, cuatro, cinco. He pasado cinco ramas por ese lado, massa.

–Entonces sube una rama más.

Al cabo de unos minutos la voz de oyó de nuevo, anunciando que había alcanzado la séptima rama.

–Ahora, Jup –gritó Legrand, con una gran agitación–, quiero que te abras camino sobre esa rama hasta donde puedas. Si ves algo extraño, me lo dices.

Desde aquel momento las pocas dudas que podía haber tenido sobre la demencia de mi pobre amigo se disiparon por completo. No me quedaba otra alternativa que considerarle como atacado de locura, me sentí seriamente preocupado con la manera de hacerle volver a casa. Mientras reflexionaba sobre qué sería preferible hacer, volvió a oírse la voz de Júpiter.

–Tengo miedo de avanzar más lejos por esa rama: es una rama muerta en casi toda su extensión.

–¿Dices que es una rama muerta, Júpiter? –gritó Legrand con voz trémula.

–Sí, massa, muerta como un clavo de puerta, eso es cosa sabida; no tiene ni pizca de vida.

–¿Qué debo hacer, en nombre del Cielo? –preguntó Legrand, que parecía sumido en una gran desesperación.

–¿Qué debe hacer? –dije, satisfecho de que aquella oportunidad me permitiese colocar una palabra–; Volver a casa y meterse en la cama. ¡Vámonos ya! Sea usted amable, compañero. Se hace tarde; y, además, acuérdese de su promesa.

–¡Júpiter! –gritó él, sin escucharme en absoluto–, ¿Me oyes?

–Sí, massa Will, le oigo perfectamente.

–Entonces tantea bien con tu cuchillo, y dime si crees que está muy podrida.

–Podrida, massa, podrida, sin duda –replicó el negro después de unos momentos–; pero no tan podrida como cabría creer. Podría avanzar un poco más, si estuviese yo solo sobre la rama, eso es verdad.

–¡Si estuvieras tú solo! ¿Qué quieres decir?

–Hablo del escarabajo. Es muy pesado el tal escarabajo. Supongo que, si lo dejase caer, la rama soportaría bien, sin romperse, el peso de un negro.

–¡Maldito bribón! –gritó Legrand, que parecía muy reanimado–. ¿Qué tonterías estas diciendo? Si dejas caer el insecto, te retuerzo el pescuezo. Mira hacia aquí, Júpiter, ¿me oyes?

–Sí, massa; no hay que tratar así a un pobre negro.

–Bueno; escúchame ahora. Si te arriesgas sobre la rama todo lo lejos que puedas hacerlo sin peligro y sin soltar el insecto, te regalare un dólar de plata tan pronto como hayas bajado.

–Ya voy, massa Will, Ya voy allá –replicó el negro con prontitud–. Estoy al final ahora.

–¡Al final! –Chillo Legrand, muy animado–. ¿Quieres decir que estas al final de esa rama?

–Estaré muy pronto al final, massa... ¡Ooooh! ¡Dios mío, misericordia! ¿Qué es eso que hay sobre el árbol?

–¡Bien! –Gritó Legrand muy contento–, ¿qué es eso?

–Pues sólo una calavera; alguien dejó su cabeza sobre el árbol, y los cuervos han picoteado toda la carne.

–¡Una calavera, dices! Muy bien... ¿Cómo está atada a la rama? ¿Qué la sostiene?

–Seguramente, se sostiene bien; pero tendré que ver. ¡Ah! Es una cosa curiosa, palabra..., hay un clavo grueso clavado en esta calavera, que la retiene al árbol.

–Bueno; ahora, Júpiter, haz exactamente lo que voy a decirte. ¿Me oyes?

–Sí, massa.

–Fíjate bien, y luego busca el ojo izquierdo de la calavera.

–¡Hum! ¡Oh, esto sí que es bueno! No tiene ojo izquierdo ni por asomo.

–¡Maldita estupidez la tuya! ¿Sabes distinguir bien tu mano izquierda de tu mano derecha?

–Sí que lo sé, lo sé muy bien; mi mano izquierda es con la que parto la leña.

–¡Seguramente! eres zurdo. Y tu ojo izquierdo está del mismo lado de tu mano izquierda. Ahora supongo que podrás encontrar el ojo izquierdo de la calavera, o el sitio donde estaba ese ojo. ¿Lo has encontrado?

Hubo una larga pausa. Y finalmente, el negro preguntó:

–¿El ojo izquierdo de la calavera está del mismo lado que la mano izquierda del cráneo también?... Porque la calavera no tiene mano alguna... ¡No importa! Ahora he encontrado el ojo izquierdo, ¡aquí está el ojo izquierdo! ¿Qué debo hacer ahora?

–Deja pasar por él el escarabajo, tan lejos como pueda llegar la cuerda; pero ten cuidado de no soltar la punta de la cuerda.

–Ya está hecho todo, massa Will; era cosa fácil hacer pasar el escarabajo por el agujero... Mírelo cómo baja.

Durante este coloquio, no podía verse ni la menor parte de Júpiter; pero el insecto que él dejaba caer aparecía ahora visible al extremo de la cuerda y brillaba, como una bola de oro bruñido a los últimos rayos del sol poniente, algunos de los cuales iluminaban todavía un poco la eminencia sobre la que estábamos colocados. El escarabajo, al descender, sobresalía visiblemente de las ramas, y si el negro le hubiese soltado, habría caído a nuestros pies. Legrand cogió en seguida la guadaña y despejó un espacio circular, de tres o cuatro yardas de diámetro, justo debajo del insecto. Una vez hecho esto, ordenó a Júpiter que soltase la cuerda y que bajase del árbol.

Con gran cuidado clavó mi amigo una estaca en la tierra sobre el lugar preciso donde había caído el insecto, y luego sacó de su bolsillo una cinta para medir. La ató por una punta al sitio del árbol que estaba más próximo a la estaca, la desenrolló hasta ésta y siguió desenrollándola en la dirección señalada por aquellos dos puntos –la estaca y el tronco– hasta una distancia de cincuenta pies; Júpiter limpiaba de zarzas el camino con la guadaña. En el sitio así encontrado clavó una segunda estaca, y, tomándola como centro, describió un tosco círculo de unos cuatro pies de diámetro, aproximadamente. Cogió entonces una de las azadas, dio la otra a Júpiter y la otra a mí, y nos pidió que cavásemos lo más de prisa posible.

A decir verdad, yo no había sentido nunca un especial agrado con semejante diversión, y en aquel momento preciso renunciaría a ella, pues la noche avanzaba, y me sentía muy fatigado con el ejercicio que hube de hacer; pero no veía modo alguno de escapar de aquello, y temía perturbar la ecuanimidad de mi pobre amigo con una negativa. De haber podido contar efectivamente con la ayuda de Júpiter no hubiese yo vacilado en llevar a la fuerza al lunático a su casa; pero conocía demasiado bien el carácter del viejo negro para esperar su ayuda en cualquier circunstancia, y más en el caso de una lucha personal con su amo.

No dudaba yo que Legrand estaba contaminado por alguna de las innumerables supersticiones del Sur referentes a los tesoros escondidos, y que aquella fantasía hubiera sido confirmada por el hallazgo del escarabajo, o quizá por la obstinación de Júpiter en sostener que era un "escarabajo de oro de verdad". Una mentalidad predispuesta a la locura podía dejarse arrastrar por tales sugestiones, sobre todo si concordaban con sus ideas favoritas preconcebidas; y entonces recordé el discurso del pobre muchacho referente al insecto que iba a ser el indicio de su "fortuna". Por encima de todo ello me sentía enojado y perplejo; pero al final decidí hacer ley de la necesidad y cavar con buena voluntad para convencer lo antes posible al visionario con una prueba ocular, de la falacia de las opiniones que él mantenía.

Encendimos las linternas y nos entregamos a nuestra tarea con un celo digno de una causa más racional; y como la luz caía sobre nuestras personas y herramientas, no pude impedirme pensar en el grupo pintoresco que formábamos, y en que si algún intruso hubiese aparecido, por casualidad, en medio de nosotros, habría creído que realizábamos una labor muy extraña y sospechosa. Cavamos con firmeza durante dos horas. Se oían pocas palabras, y nuestra molestia principal la causaban los ladridos del perro, que sentía un interés excesivo por nuestros trabajos. A la larga se puso tan alborotado, que temimos diese la alarma a algunos merodeadores de las cercanías, o más bien era el gran temor de Legrand, pues, por mi parte, me habría regocijado cualquier interrupción que me hubiera permitido hacer volver al vagabundo a su casa. Finalmente, fue acallado el alboroto por Júpiter, quien, lanzándose fuera del hoyo con un aire resuelto y furioso embozaló el hocico del animal con uno de sus tirantes y luego volvió a su tarea con una risita ahogada. Cuando expiró el tiempo mencionado, el hoyo había alcanzado una profundidad de cinco pies y aun así, no aparecía el menor indicio de tesoro. Hicimos una pausa general, y empecé a tener la esperanza de que la farsa tocaba a su fin. Legrand, sin embargo, aunque a todas luces muy desconcertado, se enjugó la frente con aire pensativo y volvió a empezar. Habíamos cavado el círculo entero de cuatro pies de diámetro, y ahora superamos un poco aquel límite y cavamos dos pies más. No apareció nada. El buscador de oro, por el que sentía yo una sincera compasión, saltó del hoyo al cabo, con la más amarga desilusión grabada en su cara, y se decidió, lenta y pesarosamente, a ponerse la chaqueta, que se había quitado al empezar su labor. En cuanto a mí, me guardé de hacer ninguna observación. Júpiter a una señal de su mano, comenzó a recoger las herramientas. Hecho esto, y una vez quitado el bozal al perro volvimos en un profundo silencio hacia la casa.

Habríamos dado acaso una docena de pasos, cuando, con un tremendo juramento, Legrand se arrojó sobre Júpiter y le agarró del cuello. El negro, atónito abrió los ojos y la boca en todo su tamaño, soltó las azadas y cayó de rodillas.

–¡Maldito tunante! –dijo Legrand, haciendo silbar las sílabas entre sus labios apretados–, ¡un malvado negro! ¡Habla, te digo! ¡Contéstame al instante y sin mentir! ¿Cuál es..., cuál es tu ojo izquierdo?

–¡Oh, misericordia, massa Will! ¿No es, seguramente, éste mi ojo izquierdo? –rugió, aterrorizado, Júpiter, poniendo su mano sobre el órgano derecho de su visión, y manteniéndola allí con la tenacidad de la desesperación, como si temiese que su amo fuese a arrancárselo–.

–¡Lo sospechaba! ¡Lo sabía! ¡Hurra! –vociferó Legrand, soltando al negro y dando una serie de corvetas y cabriolas, ante el gran asombro de su criado, quien, alzándose sobre sus rodillas, miraba en silencio a su amo y a mí, a mí y a su amo–.

–¡Vamos! Debemos volver –dijo éste– No está aún perdida la partida –y se encaminó de nuevo hacia el tulipero–.

–Júpiter –dijo, cuando llegamos al píe del árbol–, ¡Ven aquí! ¿Estaba la calavera clavada a la rama con la cara vuelta hacia fuera, o hacia la rama?

–La cara estaba vuelta hacia afuera, massa, así es que los cuervos han podido comerse muy bien los ojos, sin la menor dificultad.

–Bueno, entonces, ¿Has dejado caer el insecto por este ojo o por este otro? –y Legrand tocaba alternativamente los ojos de Júpiter.

–Por este ojo, massa, por el ojo izquierdo, exactamente como usted me dijo.

Y el negro volvió a señalar su ojo derecho.

Entonces mi amigo, en cuya locura veía yo, o me imaginaba ver, ciertos indicios de método, trasladó la estaca que marcaba el sitio donde había caído el insecto, unas tres pulgadas hacia el oeste de su primera posición. Colocando ahora la cinta de medir desde el punto más cercano del tronco hasta la estaca, como antes hiciera, y extendiéndola en línea recta a una distancia de cincuenta pies, donde señalaba la estaca, la alejó varias yardas del sitio donde habíamos estado cavando.

Alrededor del nuevo punto trazó ahora un círculo, un poco más ancho que el primero, y volvimos a manejar la azada. Estaba yo atrozmente cansado; pero, sin darme cuenta de lo que había ocasionado aquel cambio en mi pensamiento, no sentía ya gran aversión por aquel trabajo impuesto. Me interesaba de un modo inexplicable; más aún, me excitaba. Tal vez había en todo el extravagante comportamiento de Legrand cierto aire de presciencia, de deliberación, que me impresionaba. Cavaba con ardor, y de cuando en cuando me sorprendía buscando, por decirlo así, con los ojos movidos de un sentimiento que se parecía mucho a la espera, aquel tesoro imaginario, cuya visión había trastornado a mi infortunado compañero.

En uno de esos momentos en que tales fantasías mentales se habían apoderado más a fondo de mí, y cuando llevábamos trabajando quizá una hora y media, fuimos de nuevo interrumpidos por los violentos ladridos del perro. Su inquietud, en el primer caso, era, sin duda, el resultado de un retozo o de un capricho; pero ahora asumía un tono más áspero y más serio. Cuando Júpiter se esforzaba por volver a ponerle un bozal, ofreció el animal una furiosa resistencia, y, saltando dentro del hoyo, se puso a cavar, frenético, con sus uñas. En unos segundos había dejado al descubierto una masa de osamentas humanas, formando dos esqueletos íntegros, mezclados con varios botones de metal y con algo que nos pareció ser lana podrida y polvorienta. Uno o dos azadonazos hicieron saltar la hoja de un ancho cuchillo español, y al cavar más surgieron a la luz tres o cuatro monedas de oro y de plata.

Al ver aquello, Júpiter no pudo apenas contener su alegría; pero la cara de su amo expresó una extraordinaria desilusión. Nos rogó, con todo, que continuásemos nuestros esfuerzos, y apenas había dicho aquellas palabras, tropecé y caí hacia adelante, al engancharse la punta de mi bota en una ancha argolla de hierro que yacía medio enterrada en la tierra blanda.

Nos pusimos a trabajar ahora con gran diligencia, y nunca he pasado diez minutos de más intensa excitación. Durante este intervalo desenterramos por completo un cofre oblongo de madera que, por su perfecta conservación y asombrosa dureza, había sido sometida a algún procedimiento de mineralización, acaso por obra del bicloruro de mercurio. Dicho cofre tenía tres pies y medio de largo, tres de ancho y dos y medio de profundidad. Estaba asegurado con firmeza por unos flejes de hierro forjado, remachados, y que formaban alrededor de una especie de enrejado. De cada lado del cofre, cerca de la tapa había tres argollas de hierro –seis en total–, por medio de las cuales, seis personas podían asirla.

Nuestros esfuerzos unidos sólo consiguieron moverlo ligeramente de su lecho. Vimos en seguida la imposibilidad de transportar un peso tan grande. Por fortuna, la tapa estaba sólo asegurada con dos tornillos movibles. Los sacamos, trémulos y palpitantes de ansiedad. En un instante, un tesoro de incalculable valor apareció refulgente ante nosotros. Los rayos de las linternas caían en el hoyo, haciendo brotar de un montón confuso de oro y de joyas destellos y brillos que cegaban del todo nuestros ojos.

No intentaré describir los sentimientos con que contemplaba aquello. El asombro, naturalmente, predominaba sobre los demás. Legrand parecía exhausto por la excitación, y no profirió más que algunas palabras. En cuanto a Júpiter, su rostro durante unos minutos adquirió la máxima palidez que puede tomar la cara de un negro en tales circunstancias. Parecía estupefacto, fulminado.

Pronto cayó de rodillas en el hoyo, y hundiendo sus brazos hasta el codo en el oro, los dejó allí, como si gozase del placer de un baño. A la postre exclamó con un hondo suspiro, como en un monólogo:

—¡Y todo esto viene del escarabajo de oro! ¡Del pobre escarabajito, al que yo insultaba y calumniaba!

—¿No te avergüenzas de ti mismo, negro? ¡Anda, contéstame!

Fue menester, por último, que despertase a ambos, al amo y al criado, ante la conveniencia de transportar el tesoro. Se hacía tarde y teníamos que desplegar cierta actividad, si queríamos que todo estuviese en seguridad antes del amanecer. No sabíamos qué determinación tomar, y perdimos mucho tiempo en deliberaciones de lo trastornadas que teníamos nuestras ideas. Por último, aligeramos de peso al cofre quitando las dos terceras partes de su contenido, y pudimos, en fin, no sin dificultad, sacarlo del hoyo. Los objetos que habíamos extraído fueron depositados entre las zarzas, bajo la custodia del perro, al que Júpiter ordenó que no se moviera de su puesto bajo ningún pretexto, y que no abriera la boca hasta nuestro regreso.

Entonces nos pusimos presurosamente en camino con el cofre; llegamos sin accidente a la cabaña, aunque después de tremendas penalidades y a la una de la madrugada. Rendidos como estábamos, no hubiese habido naturaleza humana capaz de reanudar la tarea acto seguido. Permanecimos descansando hasta las dos; luego cenamos, y en seguida partimos hacia las colinas, provistos de tres grandes sacos que, por una suerte feliz, habíamos encontrado antes. Llegamos al filo de las cuatro a la fosa, nos repartimos el botín, con la mayor igualdad posible y dejando el hoyo sin tapar, volvimos hacia la cabaña, en la que depositamos por segunda vez nuestra carga de oro, a tiempo que los primeros débiles rayos del alba aparecían por encima de las copas de los árboles hacia el Este.

III

Estábamos completamente destrozados, pero la intensa excitación de aquel momento nos impidió todo reposo. Después de un agitado sueño de tres o cuatro horas de duración, nos levantamos, como si estuviéramos de acuerdo, para efectuar el examen de nuestro tesoro.

El cofre había sido llenado hasta los bordes, y empleamos el día entero y gran parte de la noche siguiente en escudriñar su contenido. No mostraba ningún orden o arreglo. Todo había sido amontonado allí, en confusión. Habiéndolo clasificado cuidadosamente, nos encontramos en posesión de una fortuna que superaba todo cuanto habíamos supuesto. En monedas había más de cuatrocientos cincuenta mil dólares, estimando el valor de las piezas con tanta exactitud como pudimos, por las tablas de cotización de la época. No había allí una sola partícula de plata.

Todo era oro de una fecha muy antigua y de una gran variedad: monedas francesas, españolas y alemanas, con algunas guineas inglesas y varios discos de los que no habíamos visto antes ejemplar alguno. Había varias monedas muy grandes y pesadas pero tan desgastadas, que nos fue imposible descifrar sus inscripciones. No se encontraba allí ninguna americana. La valoración de las joyas presentó muchas más dificultades. Había diamantes, algunos de ellos muy finos y voluminosos, en total ciento diez, y ninguno pequeño; dieciocho rubíes de un notable brillo, trescientas diez esmeraldas hermosísimas, veintiún zafiros y un ópalo. Todas aquellas piedras habían sido arrancadas de sus monturas y arrojadas en revoltijo al interior del cofre. En cuanto a las monturas mismas, que clasificamos aparte del otro oro, parecían haber sido machacadas a martillazos para evitar cualquier identificación. Además de todo lo indicado, había una gran cantidad de adornos de oro macizo: cerca de doscientas sortijas y pendientes, de extraordinario grosor; ricas cadenas, en número de treinta, si no recuerdo mal; noventa y tres grandes y pesados crucifijos; cinco incensarios de oro de gran valía; una prodigiosa ponchera de oro, adornada con hojas de parra muy bien engastadas, y con figuras de bacantes; dos empuñaduras de espada exquisitamente repujadas, y otros muchos objetos más pequeños que no puedo recordar. El peso de todo ello excedía de las trescientas cincuenta libras avoirdupois, y en esta valoración no he incluido ciento noventa y siete relojes de oro soberbios, tres de los cuales valdrían cada uno quinientos dólares. Muchos eran viejísimos y desprovistos de valor como tales relojes: sus maquinarias habían sufrido más o menos de la corrosión de la tierra; pero todos estaban ricamente adornados con pedrerías, y las cajas eran de gran precio. Valoramos aquella noche el contenido total del cofre en un millón y medio de dólares, y cuando más tarde dispusimos de los dijes y joyas (quedándonos con algunos para nuestro uso personal), nos encontramos con que habíamos hecho una tasación muy por debajo del tesoro.

Cuando terminamos nuestro examen, y al propio tiempo se calmó un tanto aquella intensa excitación, Legrand, que me veía consumido de impaciencia por conocer la solución de aquel extraordinario enigma, entró a pleno detalle en las circunstancias relacionadas con él.

–Recordará usted –dijo– la noche en que le mostré el tosco bosquejo que había hecho del escarabajo. Recordará también que me molestó mucho el que insistiese en que mi dibujo se parecía a una calavera. Cuando hizo usted por primera vez su afirmación, creí que bromeaba; pero después pensé en las manchas especiales sobre el dorso del insecto, y reconocí en mi interior que su observación tenía en realidad, cierta ligera base. A pesar de todo, me irritó su burla respecto a mis facultades gráficas, pues estoy considerado como un buen artista, y por eso, cuando me tendió usted el trozo de pergamino, estuve a punto de estrujarlo y de arrojarlo, enojado, al fuego.

–Se refiere usted al trozo de papel –dije.

–No; aquello tenía el aspecto de papel, y al principio yo mismo supuse que lo era; pero, cuando quise dibujar sobre él, descubrí en seguida que era un trozo de pergamino muy viejo. Estaba todo sucio, como recordará. Bueno; cuando me disponía a estrujarlo, mis ojos cayeron sobre el esbozo que usted había examinado, y ya puede imaginarse mi asombro al percibir realmente la figura de una calavera en el sitio mismo donde había yo creído dibujar el insecto. Durante un momento me sentí demasiado atónito para pensar con sensatez. Sabía que mi esbozo era muy diferente en detalle de éste, aunque existiese cierta semejanza en el contorno general.

Cogí en seguida una vela y, sentándome al otro extremo de la habitación, me dediqué a un examen minucioso del pergamino. Dándole vueltas, vi mi propio bosquejo sobre el reverso, ni más ni menos que como lo había hecho. Mi primera impresión fue entonces de simple sorpresa ante la notable semejanza efectiva del contorno; y resulta una coincidencia singular el hecho de aquella imagen, desconocida para mí, que ocupaba el otro lado del pergamino debajo mismo de mi dibujo del escarabajo, y de la calavera aquella que se parecía con tanta exactitud a dicho dibujo no sólo en el contorno, sino en el tamaño. Digo que la singularidad de aquella coincidencia me dejó pasmado durante un momento. Es éste el efecto habitual de tales coincidencias. La mente se esfuerza por establecer una relación —una ilación de causa y efecto—, y siendo incapaz de conseguirlo, sufrí una especie de parálisis pasajera. Pero cuando me recobré de aquel estupor, sentí surgir en mí poco a poco una convicción que me sobrecogió más aún que aquella coincidencia. Comencé a recordar de una manera clara y positiva que no había ningún dibujo sobre el pergamino cuando hice mi esbozo del escarabajo.

Tuve la absoluta certeza de ello, pues me acordé de haberle dado vueltas a un lado y a otro buscando el sitio más limpio... Si la calavera hubiera estado allí, la habría yo visto, por supuesto.

Existía allí un misterio que me sentía incapaz de explicar; pero desde aquel mismo momento me pareció ver brillar débilmente, en las más remotas y secretas cavidades de mi entendimiento, una especie de luciérnaga de la verdad de la cual nos había aportado la aventura de la última noche una prueba tan magnífica. Me levanté al punto, y guardando con cuidado el pergamino dejé toda reflexión ulterior para cuando pudiese estar solo.

En cuanto se marchó usted, y Júpiter estuvo profundamente dormido, me dediqué a un examen más metódico de la cuestión. En primer lugar, quise comprender de qué modo aquel pergamino estaba en mi poder. El sitio en que descubrimos el escarabajo se hallaba en la costa del continente, a una milla aproximada al este de la isla, pero a corta distancia sobre el nivel de la marea alta. Cuando le cogí, me pico con fuerza, haciendo que le soltase. Júpiter con su acostumbrada prudencia, antes de agarrar el insecto, que había volado hacia él, buscó a su alrededor una hoja o algo parecido con que apresarlo. En ese momento sus ojos, y también los míos, cayeron sobre el trozo de pergamino que supuse era un papel. Estaba medio sepultado en la arena, asomando una parte de él. Cerca del sitio donde lo encontramos vi los restos del casco de un gran barco, según me pareció. Aquellos restos de un naufragio debían de estar allí desde hacía mucho tiempo, pues apenas podía distinguirse su semejanza con la armazón de un barco.

Júpiter recogió, pues, el pergamino, envolvió en él al insecto y me lo entregó. Poco después volvimos a casa y encontramos al teniente G***. Le enseñé el ejemplar y me rogó que le permitiese llevárselo al fuerte. Accedí a ello y se lo metió en el bolsillo de su chaleco sin el pergamino en que iba envuelto y que había conservado en la mano durante su examen. Quizá temió que cambiase de opinión y prefirió asegurar en seguida su presa; ya sabe usted que es un entusiasta de todo cuanto se relaciona con la historia natural. En aquel momento, sin darme cuenta de ello, debí de guardarme el pergamino en el bolsillo.

Recordará usted que cuando me senté ante la mesa a fin de hacer un bosquejo del insecto no encontré papel donde habitualmente se guarda. Miré en el cajón, y no lo encontré allí. Rebusqué mis bolsillos, esperando hallar en ellos alguna carta antigua, cuando mis dedos tocaron el pergamino. Le detallo a usted de un modo exacto cómo cayó en mi poder, pues las circunstancias me impresionaron con una fuerza especial.

Sin duda alguna, usted me creyó un soñador; pero yo había establecido ya una especie de conexión. Acababa de unir dos eslabones de una gran cadena. Allí había un barco que naufragó en la costa, y no lejos de aquel barco, un pergamino –no un papel– con una calavera pintada sobre él. Va usted, naturalmente, a preguntarme: ¿Dónde está la relación? Le responderé que la calavera es el emblema muy conocido de los piratas. Llevan izado el pabellón con la calavera en todos sus combates.

Como le digo, era un trozo de pergamino, y no de papel. El pergamino es de una materia duradera casi indestructible. Rara vez se consignan sobre uno cuestiones de poca monta, ya que se adapta mucho peor que el papel a las simples necesidades del dibujo o de la escritura. Esta reflexión me indujo a pensar en algún significado, en algo que tenía relación con la calavera.

No dejé tampoco de observar la forma del pergamino. Aunque una de las esquinas aparecía rota por algún accidente, podía verse bien que la forma original era oblonga. Se trataba precisamente de una de esas tiras que se escogen como memorándum, para apuntar algo que desea uno conservar largo tiempo y con cuidado.

–Pero –le interrumpí– dice usted que la calavera no estaba sobre el pergamino cuando dibujó el insecto.

¿Cómo, entonces, establece una relación entre el barco y la calavera, puesto que esta última, según su propio aserto, debe de haber sido dibujada (Dios únicamente sabe cómo y por quién) en algún período posterior a su apunte del escarabajo?

–¡Ah! Sobre eso gira todo el misterio, aunque he tenido, en comparación, poca dificultad en resolver ese extremo del secreto. Mi marcha era segura y no podía conducirme más que a un solo resultado. Razoné así, por ejemplo: al dibujar el escarabajo, no aparecía la calavera sobre el pergamino. Cuando terminé el dibujo, se lo di a usted y le observé con fijeza hasta que me lo devolvió. No era usted, por tanto, quien había dibujado la calavera, ni estaba allí presente nadie que hubiese podido hacerlo. No había sido, pues, realizado por un medio humano. Y, sin embargo, allí estaba.

En este momento de mis reflexiones, me dediqué a recordar, y recordé, en efecto, con entera exactitud, cada incidente ocurrido en el intervalo en cuestión. La temperatura era fría (¡oh raro y feliz accidente!) y el fuego llameaba en la chimenea.

Había yo entrado en calor con el ejercicio y me senté junto a la mesa. Usted, empero, tenía vuelta su silla, muy cerca de la chimenea. En el momento justo de dejar el pergamino en su mano, y cuando iba usted a examinarlo, Wolf, el terranova, entró y saltó hacia sus hombros. Con su mano izquierda usted le acariciaba, intentando apartarle, cogido el pergamino con la derecha, entre sus rodillas y cerca del fuego. Hubo un instante en que creí que la llama iba a alcanzarlo, y me disponía a decírselo; pero antes de que hubiese yo hablado la retiró usted y se dedicó a examinarlo. Cuando hube considerado todos estos detalles, no dudé ni un segundo que aquel calor había sido el agente que hizo surgir a la luz sobre el pergamino la calavera cuyo contorno veía señalarse allí. Ya sabe que hay y ha habido en todo tiempo preparaciones químicas por medio de las cuales es posible escribir sobre papel o sobre vitela caracteres que así no resultan visibles hasta que son sometidos a la acción del fuego.

Se emplea algunas veces el zafre, digerido en agua regia y diluido en cuatro veces su peso de agua; de ello se origina un tono verde. El régulo de cobalto, disuelto en espíritu de nitro, da el rojo. Estos colores desaparecen a intervalos más o menos largos, después que la materia sobre la cual se ha escrito se enfría, pero reaparecen a una nueva aplicación de calor.

Examiné entonces la calavera con toda meticulosidad. Los contornos —los más próximos al borde del pergamino— resultaban mucho más claros que los otros. Era evidente que la acción del calor había sido imperfecta o desigual.

Encendí inmediatamente el fuego y sometí cada parte del pergamino al calor ardiente. Al principio no tuvo aquello más efecto que reforzar las líneas débiles de la calavera; pero, perseverando en el ensayo, se hizo visible, en la esquina de la tira diagonalmente opuesta al sitio donde estaba trazada la calavera, una figura que supuse de primera intención era la de una cabra.

Un examen más atento, no obstante, me convenció de que habían intentado representar un cabritillo.

–¡Ja, ja! –exclamé–. No tengo, sin duda, derecho a burlarme de usted (un millón y medio de dólares es algo muy serio para tomarlo a broma). Pero no irá a establecer un tercer eslabón en su cadena; no querrá encontrar ninguna relación especial entre sus piratas y una cabra; los piratas, como sabe, no tienen nada que ver con las cabras; eso es cosa de los granjeros.

–Pero si acabo de decirle que la figura no era la de una cabra.

–Bueno; la de un cabritillo, entonces; viene a ser casi lo mismo.

–Casi, pero no del todo –dijo Legrand–. Debe usted de haber oído hablar de un tal capitán Kidd. Consideré en seguida la figura de ese animal como una especie de firma logográfica o jeroglífica. Digo firma porque el sitio que ocupaba sobre el pergamino sugería esa idea. La calavera, en la esquina diagonal opuesta, tenía así el aspecto de un sello, de una estampilla.

Pero me hallé dolorosamente desconcertado ante la ausencia de todo lo demás del cuerpo de mi imaginado documento, del texto de mi contexto.

—Supongo que esperaba usted encontrar una carta entre el sello y la firma.

—Algo por el estilo. El hecho es que me sentí irresistiblemente impresionado por el presentimiento de una buena fortuna inminente. No podría decir por qué. Tal vez, después de todo, era más bien un deseo que una verdadera creencia; pero ¿no sabe que las absurdas palabras de Júpiter, afirmando que el escarabajo era de oro macizo, hicieron un notable efecto sobre mi imaginación? Y luego, esa serie de accidentes y coincidencias era, en realidad, extraordinaria. ¿Observa usted lo que había de fortuito en que esos acontecimientos ocurriesen el único día del año en que ha hecho, ha podido hacer, el suficiente frío para necesitarse fuego, y que, sin ese fuego, o sin la intervención del perro en el preciso momento en que apareció, no habría podido yo enterarme de lo de la calavera, ni habría entrado nunca en posesión del tesoro?

—Pero continúe... Me consume la impaciencia.

—Bien; habrá usted oído hablar de muchas historias que corren, de esos mil vagos rumores, acerca de tesoros enterrados en algún lugar de la costa del Atlántico por Kidd y sus compañeros. Esos rumores desde hace tanto tiempo y con tanta persistencia, ello se debía, a mi juicio, tan sólo a la circunstancia de que el tesoro enterrado permanecía enterrado. Si Kidd hubiese escondido su botín durante cierto tiempo y lo hubiera recuperado después, no habrían llegado tales rumores hasta nosotros en su invariable forma actual. Observe que esas historias giran todas alrededor de buscadores, no de descubridores de tesoros. Si el pirata hubiera recuperado su botín, el asunto habría terminado allí. Parecía que algún accidente –por ejemplo, la pérdida de la nota que indicaba el lugar preciso– debía de haberle privado de los medios para recuperarlo, llegando ese accidente a conocimiento de sus compañeros, quienes, de otro modo, no hubiesen podido saber nunca que un tesoro había sido escondido y que con sus búsquedas infructuosas, por carecer de guía al intentar recuperarlo, dieron nacimiento primero a ese rumor, difundido universalmente por entonces, y a las noticias tan corrientes ahora. ¿Ha oído usted hablar de algún tesoro importante que haya sido desenterrado a lo largo de la costa?

–Nunca.

–Pues es muy notorio que Kidd los había acumulado inmensos. Daba yo así por supuesto que la tierra seguía guardándolos, y no le sorprenderá mucho si le digo que abrigaba una esperanza que aumentaba casi hasta la certeza: la de que el pergamino tan singularmente encontrado contenía la última indicación del lugar donde se depositaba.

–Pero ¿Cómo procedió usted?

–Expuse de nuevo la vitela al fuego, después de haberlo avivado; pero no apareció nada. Pensé entonces que era posible que la capa de mugre tuviera que ver en aquel fracaso: por eso lavé con esmero el pergamino vertiendo agua caliente encima, y una vez hecho esto, lo coloqué en una cacerola de cobre, con la calavera hacia abajo, y puse la cacerola sobre una lumbre de carbón. A los pocos minutos estando ya la cacerola calentada a fondo, saqué la tira de pergamino, y fue inexpresable mi alegría al encontrarla manchada, en varios sitios, con signos que parecían cifras alineadas. Volví a colocarla en la cacerola, y la dejé allí otro minuto. Cuando la saqué, estaba enteramente igual a como va usted a verla.

Y al llegar aquí, Legrand, habiendo calentado de nuevo el pergamino, lo sometió a mi examen. Los caracteres siguientes aparecían de manera toscamente trazada, en color rojo, entre la calavera y la cabra:

```
53++305))6*;4826)4+.)4+);806*:48
+8¶60))85;1+(;:+*8+83(88)5*+;46(;
88*96*';8)*+(;485);5*+2:*+(;4956*2
(5*—4)8¶8*;406 9285);)6+8)4++;1(+9;4808
1;8:+1;48+85;4)485+ 528806*81(+9; 48;(88;
4(+?34;48)4+;161;:188;+?;
```

—Pero —dije, devolviéndole la tira— sigo estando tan a oscuras como antes. Si todas las joyas de Golconda esperasen de mí la solución de este enigma, estoy en absoluto seguro de que sería incapaz de obtenerlas.

—Y el caso —dijo Legrand— que la solución no resulta tan difícil como cabe imaginarla tras del primer examen apresurado de los caracteres. Estos caracteres, según pueden todos adivinarlo fácilmente forman una cifra, es decir, contienen un significado pero por lo que sabemos de Kidd, no podía suponerle capaz de construir una de las más abstrusas criptografías.

Pensé, pues, lo primero, que ésta era de una clase sencilla, aunque tal, sin embargo, que pareciese absolutamente indescifrable para la tosca inteligencia del marinero, sin la clave.

–¿Y la resolvió usted, en verdad?

–Fácilmente; había yo resuelto otras diez mil veces más complicadas. Las circunstancias y cierta predisposición mental me han llevado a interesarme por tales acertijos, y es, en realidad, dudoso que el genio humano pueda crear un enigma de ese género que el mismo ingenio humano no resuelva con una aplicación adecuada. En efecto, una vez que logré descubrir una serie de caracteres visibles, no me preocupó apenas la simple dificultad de desarrollar su significación. En el presente caso –y realmente en todos los casos de escritura secreta– la primera cuestión se refiere al lenguaje de la cifra, pues los principios de solución, en particular tratándose de las cifras más sencillas, dependen del genio peculiar de cada idioma y pueden ser modificadas por éste. En general, no hay otro medio para conseguir la solución que ensayar (guiándose por las probabilidades) todas las lenguas que os sean conocidas, hasta encontrar la verdadera. Pero en la cifra de este caso toda dificultad quedaba resuelta por la firma. El retruécano sobre la palabra "Kidd" sólo es posible en lengua inglesa. Sin esa circunstancia hubiese yo comenzado mis ensayos por el español y el francés, por ser las lenguas en las cuales un pirata de mares españoles hubiera debido, con más naturalidad, escribir un secreto de ese género. Tal como se presentaba, presumí que el criptograma era inglés.

IIII

Fíjese usted en que no hay espacios entre las palabras. Si los hubiese habido, la tarea habría sido fácil en comparación. En tal caso hubiera yo comenzado por hacer una colación y un análisis de las palabras cortas, y de haber encontrado, como es muy probable, una palabra de una sola letra (a o I-uno, yo, por ejemplo), habría estimado la solución asegurada. Pero como no había espacios allí, mi primera medida era averiguar las letras predominantes así como las que se encontraban con menor frecuencia. Las conté todas y formé la siguiente tabla:

El signo 8	aparece 33 veces
—;	—26—
—4	—19—
—y)	—16—
—*	—13—
—5	—12—
—6	—11—
—	—10—
—0	—8—
—9 y 2	—5—
—: y 3	—4—
—?	—3—
—(signo pi)	—2—
——y	—1 vez

Ahora bien: la letra que se encuentra con mayor frecuencia en inglés es la e. Después, la serie es la siguiente: "a, o, y, d, h, n, r, s, t, u, y, c, f, g, l, m, w, b, k, p, q, x, z". La "e" predomina de un modo tan notable, que es raro encontrar una frase sola de cierta longitud de la que no sea el carácter principal.

Tenemos, pues, nada más comenzar, una base para algo más que una simple conjetura. El uso general que puede hacerse de esa tabla es obvio, pero para esta cifra particular solo nos serviremos de ella muy parcialmente. Puesto que nuestro signo predominante es el 8, empezaremos por ajustarlo a la "e" del alfabeto natural. Para comprobar esta suposición, observemos si el 8 aparece a menudo por pares –pues la e se dobla con gran frecuencia en inglés– en palabras como, por ejemplo, meet, speed, seen, been agree, etcétera. En el caso presente, vemos que está doblado lo menos cinco veces, aunque el criptograma sea breve.

Tomemos, pues, el 8 como "e". Ahora, de todas las palabras de la lengua, the es la más usual; por tanto, debemos ver si no está repetida la combinación de tres signos, siendo el último de ellos el 8. Si descubrimos repeticiones de tal letra, así dispuestas, representarán, muy probablemente, la palabra the. Una vez comprobado esto, encontraremos no menos de siete de tales combinaciones, siendo los signos 48 en total. Podemos, pues, suponer que; representa t, 4 representa h, y 8 representa e, quedando este último así comprobado. Hemos dado ya un gran paso.

Acabamos de establecer una sola palabra; pero ello nos permite establecer también un punto más importante;

es decir, varios comienzos y terminaciones de otras palabras. Veamos, por ejemplo, el penúltimo caso en que aparece la combinación; 48 casi al final de la cifra. Sabemos que el que viene inmediatamente después es el comienzo de una palabra y de los seis signos que siguen a ese the conocemos, por lo menos, cinco.

Sustituyamos, pues, esos signos por las letras que representan, dejando un espacio para el desconocido:

t eeth

Debemos, lo primero, desechar el th como no formando parte de la palabra que comienza por la primera t, pues vemos, ensayando el alfabeto entero para adaptar una letra al hueco, que es imposible formar una palabra de la que ese th pueda formar parte. Reduzcamos, pues, los signos a

t ee.

Y volviendo al alfabeto, si es necesario como antes, llegamos a la palabra "tree" (árbol), como la única que puede leerse. Ganamos así otra letra, la r, representada por (más las palabras yuxtapuestas the tree (el árbol).

Un poco más lejos de estas palabras, a poca distancia, vemos de nuevo la combinación; 48 y la empleamos como terminación de lo que precede inmediatamente. Tenemos así esta distribución:

the tree : 4 ? 34 the,

o sustituyendo con letras naturales los signos que conocemos, leeremos esto:

tre tree thr ? 3 h the.

Ahora, si sustituimos los signos desconocidos por espacios blancos o por puntos, leeremos:

the tree thr... h the.

y, por tanto, la palabra through (por, a través) resulta evidente por sí misma. Pero este descubrimiento nos da tres nuevas letras, o, u, y g, representadas por ? y 3. Buscando ahora cuidadosamente en la cifra combinaciones de signos conocidos, encontraremos no lejos del comienzo esta disposición:

83 (88, o agree,

que es, evidentemente, la terminación de la palabra degree (grado), que nos da otra letra, la d, representada por cuatro letras más lejos de la palabra degree, observamos la combinación:

46 (; 88

cuyos signos conocidos traducimos, representando el desconocido por puntos, como antes; y leemos:

th . rtea.

Arreglo que nos sugiere acto seguido la palabra thirteen (trece) y que nos vuelve a proporcionar dos letras nuevas, la i y la n, representadas por 6 y *.
Volviendo ahora al principio del criptograma, encontramos la combinación.

+++
53
+++

Traduciendo como antes, obtendremos

good.

Lo cual nos asegura que la primera letra es una A, y que las dos primeras palabras son A good (un bueno, una buena).
Sería tiempo ya de disponer nuestra clave, conforme a lo descubierto, en forma de tabla, para evitar confusiones.
Nos dará lo siguiente:

5	representa	a
	—	d
8	—	e
3	—	g
4	—	h

6	—	i
*	—	n
	—	o
(	—	r
:	—	t
?	—	u

Tenemos así no menos de diez de las letras más importantes representadas, y es inútil buscar la solución con esos detalles. Ya le he dicho lo suficiente para convencerle de que cifras de ese género son de fácil solución, y para darle algún conocimiento de su desarrollo razonado. Pero tenga la seguridad de que la muestra que tenemos delante pertenece al tipo más sencillo de la criptografía. Sólo me queda darle la traducción entera de los signos escritos sobre el pergamino, ya descifrados. Hela aquí:

"A good glass in the Bishop's Hostel in the devil's seat forty-one degrees and thirteen minutes northeast and by north main branch seventh, limb east side shoot from the left eye of the death'shead a bee-line from the tree through the shot fifty feet out".

–Pero –dije– el enigma me parece de tan mala calidad como antes. ¿Cómo es posible sacar un sentido cualquiera de toda esa jerga referente a "la silla del diablo", "la cabeza de muerto" y "el hostal o la hostelería del obispo"?

–Reconozco –replicó Legrand– que el asunto presenta un aspecto serio cuando echa uno sobre él una ojeada casual. Mi primer empeño fue separar lo escrito en las divisiones naturales que había intentado el criptógrafo.

–¿Quiere usted decir, puntuarlo?

–Algo por el estilo.

–Pero ¿cómo le fue posible hacerlo?

–Pensé que el rasgo característico del escritor había consistido en agrupar sus palabras sin separación alguna, queriendo así aumentar la dificultad de la solución. Ahora bien: un hombre poco agudo, al perseguir tal objeto, tendrá, seguramente, la tendencia a superar la medida. Cuando en el curso de su composición llegaba a una interrupción de su tema que requería, naturalmente, una pausa o un punto, se excedió, en su tendencia a agrupar sus signos, más que de costumbre. Si observa usted ahora el manuscrito le será fácil descubrir cinco de esos casos de inusitado agrupamiento. Utilizando ese indicio hice la consiguiente división:

> *"A good glass in the bishop's hostel in the devil's sear – forty one degrees and thirteen minutes –northeast and by north– main branch seventh limb eart side –shoot from the left eye of the death's –head– a bee line from the tree through the shot fifty feet out".*

–Aun con esa separación –dije–, sigo estando a oscuras.

–También yo lo estuve –replicó Legrand– por espacio de algunos días, durante los cuales realicé diligentes pesquisas en las cercanías de la isla de Sullivan, sobre una casa que llevase el nombre de Hotel del Obispo, pues, por supuesto, deseché la palabra anticuada "hostal, hostería".

No logrando ningún informe sobre la cuestión, estaba a punto de extender el campo de mi búsqueda y de obrar de un modo más sistemático, cuando una mañana se me ocurrió de repente que aquel "Bishop's Hostel" podía tener alguna relación con una antigua familia apellidada Bessop, la cual, desde tiempo inmemorial, era dueña de una antigua casa solariega a unas cuatro millas, aproximadamente, al norte de la isla. De acuerdo con lo cual fui a la plantación, y comencé de nuevo mis pesquisas entre los negros más viejos del lugar. Por último, una de las mujeres de más edad me dijo que ella había oído hablar de un sitio como "Bessop's Castle" (Castillo de Bassop), y que creía poder conducirme hasta él, pero que no era un castillo, ni mesón, sino una alta roca.

Le ofrecí retribuirle bien por su molestia y después de alguna vacilación, consintió en acompañarme hasta aquel sitio.

Lo descubrimos sin gran dificultad; entonces la despedí y me dediqué al examen del paraje. El castillo consistía en una agrupación irregular de macizos y rocas, una de éstas muy notable tanto por su altura como por su aislamiento y su aspecto artificial. Trepé a la cima, y entonces me sentí perplejo ante lo que debía hacer después.

Mientras meditaba en ello, mis ojos cayeron sobre un estrecho reborde en la cara oriental de la roca a una yarda quizá por debajo de la cúspide donde estaba colocado. Aquel reborde sobresalía unas dieciocho pulgadas, y no tendría más de un pie de anchura; un entrante en el risco, justamente encima, le daba una tosca semejanza con las sillas de respaldo cóncavo que usaban nuestros antepasados. No dudé que fuese aquello la "silla del diablo" a la que aludía el manuscrito, y me pareció descubrir ahora el secreto entero del enigma.

El "buen vaso" lo sabía yo, no podía referirse más que a un catalejo, pues los marineros de todo el mundo rara vez emplean la palabra "vaso" en otro sentido.

Comprendí ahora en seguida que debía utilizarse un catalejo desde un punto de vista determinado que no admitía variación. No dudé un instante en pensar que las frases "cuarenta y un grados y trece minutos" y "Nordeste cuarto de Norte" debían indicar la dirección en que debía apuntarse el catalejo. Sumamente excitado por aquellos descubrimientos, marché, presuroso, a casa, cogí un catalejo y volví a la roca.

Me dejé escurrir sobre el reborde y vi que era imposible permanecer sentado allí, salvo en una posición especial. Éste hecho confirmó mi preconcebida idea. Me dispuse a utilizar el catalejo.

Naturalmente, los "cuarenta y un grados y trece minutos" podían aludir solo a la elevación por encima del horizonte visible, puesto que la dirección horizontal estaba indicada con claridad por las palabras "Nordeste cuarto de Norte". Establecí esta última dirección por medio de una brújula de bolsillo; luego, apuntando el catalejo con tanta exactitud como pude con un ángulo de cuarenta y un grados de elevación, lo moví con cuidado de arriba abajo, hasta que detuvo mi atención una grieta circular u orificio en el follaje de un gran árbol que sobresalía de todos los demás, a distancia. En el centro de aquel orificio divisé un punto blanco; pero no pude distinguir al principio lo que era. Graduando el foco del catalejo, volví a mirar, y comprobé ahora que era un cráneo humano.

Después de este descubrimiento, consideré con entera confianza el enigma como resuelto, pues la frase "rama principal, séptimo vástago, lado Este" no podía referirse más que a la posición de la calavera sobre el árbol, mientras lo de "soltar desde el ojo izquierdo de la cabeza de muerto" no admitía tampoco más que una interpretación con respecto a la busca de un tesoro enterrado. Comprendí que se trataba de dejar caer una bala desde el ojo izquierdo, y que una línea recta (línea de abeja), partiendo del punto más cercano al tronco por "la bala" (o por el punto donde cayese la bala), y extendiéndose desde allí a una distancia de cincuenta pies, indicaría el sitio preciso, y debajo de este sitio juzgué que era, por lo menos, posible que estuviese allí escondido un depósito valioso.

–Todo eso –dije– es harto claro, y asimismo ingenioso, sencillo y explícito. Y cuando abandonó usted el Hotel del Obispo, ¿Qué hizo?

–Pues habiendo anotado escrupulosamente la orientación del árbol, me volví a casa. Sin embargo en el momento de abandonar "la silla del diablo", el orificio circular desapareció, y de cualquier lado que me volviese érame ya imposible divisarlo. Lo que me parece el colmo del ingenio en este asunto es el hecho (pues, al repetir la experiencia, me he convencido de que es un hecho) de que la abertura circular en cuestión resulta sólo visible desde un punto que es el indicado por esa estrecha cornisa sobre la superficie de la roca.

En esta expedición al Hotel del Obispo fui seguido por Júpiter, quien observaba, sin duda, desde hacía unas semanas, mi aire absorto, y ponía un especial cuidado en no dejarme solo. Pero al día siguiente me levanté muy temprano, conseguí escaparme de él y corrí a las colinas en busca del árbol. Me costó mucho trabajo encontrarlo. Cuando volví a casa por la noche, mi criado se disponía a vapulearme. En cuanto al resto de la aventura, creo que está usted tan enterado como yo.

–Supongo –dije– que equivocó usted el sitio en las primeras excavaciones, a causa de la estupidez de Júpiter dejando caer el escarabajo por el ojo derecho de la calavera en lugar de hacerlo por el izquierdo.

–Exactamente. Esa equivocación originaba una diferencia de dos pulgadas y media, poco más o menos, en relación con la bala, es decir, en la posición de la estaca junto al árbol, y si el tesoro hubiera estado bajo la "bala", el error habría tenido poca importancia; pero la "bala", y al mismo tiempo el punto más cercano al árbol, representaban simplemente dos puntos para establecer una línea de dirección; claro está que el error, aunque insignificante al principio, aumentaba al avanzar siguiendo la línea, y cuando hubimos llegado a una distancia de cincuenta pies, nos había apartado por completo de la pista. Sin mi idea arraigada a fondo de que había allí algo enterrado, todo nuestro trabajo hubiera sido inútil.

—Pero su grandilocuencia, su actitud balanceando el insecto, ¡Cuán excesivamente estrambóticas! Tenía yo la certeza de que estaba usted loco. Y ¿por qué insistió en dejar caer el escarabajo desde la calavera, en vez de una bala?

—¡Vaya! Para serle franco, me sentía algo molesto por sus claras sospechas respecto a mi sano juicio, y decidí castigarle algo, a mi manera, con un poquito de serena mixtificación. Por esa razón balanceaba yo el insecto, y por esa razón también quise dejarlo caer desde el árbol. Una observación que hizo usted acerca de su peso me sugirió esta última idea.

—Sí, lo comprendo; y ahora no hay más que un punto que me desconcierta. ¿Qué vamos a decir de los esqueletos encontrados en el hoyo?

—Esa es una pregunta a la cual, lo mismo que usted, no sería yo capaz de contestar. No veo, por cierto, más que un modo plausible de explicar eso; pero mi sugerencia entraña una atrocidad tal, que resulta horrible de creer. Aparece claro que Kidd (si fue verdaderamente Kidd quien escondió el tesoro, lo cual no dudo), aparece claro que él debió de hacerse ayudar en su trabajo. Pero, una vez terminado, éste pudo juzgar conveniente suprimir a todos los que compartían su secreto. Acaso un par de azadonazos fueron suficientes, mientras sus ayudantes estaban ocupados en el hoyo; acaso necesitó una docena. ¿Quién nos lo dirá?

| 178 |

El barril del amontillado

(1846)

Lo mejor que pude, haber soportado las mil injurias de Fortunato. Pero cuando llegó el insulto, juré vengarme. Ustedes, que conocen tan bien la naturaleza de mi carácter, no llegarán a suponer, no obstante, que pronunciara la menor palabra con respecto a mi propósito. A la larga, yo sería vengado. Este era ya un punto establecido definitivamente. Pero la misma decisión con que lo había resuelto excluía toda idea de peligro por mi parte. No solamente tenía que castigar, sino castigar impunemente. Una injuria queda sin reparar cuando su justo castigo perjudica al vengador. Igualmente queda sin reparación cuando ésta deja de dar a entender a quien le ha agraviado que es él quien se venga.

Es preciso entender bien que ni de palabra, ni de obra, di a Fortunato motivo para que sospechara de mi buena voluntad hacia él.

Continué, como de costumbre, sonriendo en su presencia, y él no podía advertir que mi sonrisa, entonces, tenía como origen en mí la de arrebatarle la vida.

Aquel Fortunato tenía un punto débil, aunque, en otros aspectos, era un hombre digno de toda consideración, y aun de ser temido. Se enorgullecía siempre de ser un entendido en vinos. Pocos italianos tienen el verdadero talento de los catadores. En la mayoría, su entusiasmo se adapta con frecuencia a lo que el tiempo y la ocasión requieren, con objeto de dedicarse a engañar a los millionaires ingleses y austríacos. En pintura y piedras preciosas, Fortunato, como todos sus compatriotas, era un verdadero charlatán; pero en cuanto a vinos añejos, era sincero. Con respecto a esto, yo no difería extraordinariamente de él. También yo era muy experto en lo que se refiere a vinos italianos, y siempre que se me presentaba ocasión compraba gran cantidad de éstos.

Una tarde, casi al anochecer, en plena locura del Carnaval, encontré a mi amigo. Me acogió con excesiva cordialidad, porque había bebido mucho. El buen hombre estaba disfrazado de payaso. Llevaba un traje muy ceñido, un vestido con listas de colores, y coronaba su cabeza con un sombrerillo cónico adornado con cascabeles. Me alegré tanto de verle, que creí no haber estrechado jamás su mano como en aquel momento.

-Querido Fortunato -le dije en tono jovial-, éste es un encuentro afortunado. Pero ¡qué buen aspecto tiene usted hoy! El caso es que he recibido un barril de algo que llaman amontillado, y tengo mis dudas.

-¿Cómo? -dijo él-. ¿Amontillado? ¿Un barril? ¡Imposible! ¡Y en pleno Carnaval!

-Por eso mismo le digo que tengo mis dudas -contesté-, e iba a cometer la tontería de pagarlo como si se tratara de un exquisito amontillado, sin consultarle. No había modo de encontrarle a usted, y temía perder la ocasión.

-¡Amontillado!

-Tengo mis dudas.

-¡Amontillado!

-Y he de pagarlo.

-¡Amontillado!

-Pero como supuse que estaba usted muy ocupado, iba ahora a buscar a Luchesi. Él es un buen entendido. Él me dirá...

-Luchesi es incapaz de distinguir el amontillado del jerez.

-Y, no obstante, hay imbéciles que creen que su paladar puede competir con el de usted.

-Vamos, vamos allá.

-¿Adónde?

-A sus bodegas.

-No mi querido amigo. No quiero abusar de su amabilidad. Preveo que tiene usted algún compromiso. Luchesi...

-No tengo ningún compromiso. Vamos.

-No, amigo mío. Aunque usted no tenga compromiso alguno, veo que tiene usted mucho frío. Las bodegas son terriblemente húmedas; están materialmente cubiertas de salitre.

-A pesar de todo, vamos. No importa el frío. ¡Amontillado! Le han engañado a usted, y Luchesi no sabe distinguir el jerez del amontillado.

Diciendo esto, Fortunato me cogió del brazo. Me puse un antifaz de seda negra y, ciñéndome bien al cuerpo mi roquelaire, me dejé conducir por él hasta mi palazzo. Los criados no estaban en la casa. Habían escapado para celebrar la festividad del Carnaval. Ya antes les había dicho que yo no volvería hasta la mañana siguiente, dándoles órdenes concretas para que no estorbaran por la casa. Estas órdenes eran suficientes, de sobra lo sabía yo, para asegurarme la inmediata desaparición de ellos en cuanto volviera las espaldas.

Cogí dos antorchas de sus hacheros, entregué a Fortunato una de ellas y le guié, haciéndole encorvarse a través de distintos aposentos por el abovedado pasaje que conducía a la bodega. Bajé delante de él una larga y tortuosa escalera, recomendándole que adoptara precauciones al seguirme. Llegamos, por fin, a los últimos peldaños, y nos encontramos, uno frente a otro, sobre el suelo húmedo de las catacumbas de los Montresors.

El andar de mi amigo era vacilante, y los cascabeles de su gorro cónico resonaban a cada una de sus zancadas.

-¿Y el barril? -preguntó.

-Está más allá -le contesté-. Pero observe usted esos blancos festones que brillan en las paredes de la cueva.

Se volvió hacia mí y me miró con sus nubladas pupilas, que destilaban las lágrimas de la embriaguez.

-¿Salitre? -me preguntó, por fin.

-Salitre -le contesté-. ¿Hace mucho tiempo que tiene usted esa tos?

-¡Ejem! ¡Ejem! ¡Ejem! ¡Ejem! ¡Ejem! ¡Ejem! ¡Ejem! ¡Ejem!...! A mi pobre amigo le fue imposible contestar hasta pasados unos minutos.

-No es nada -dijo por último.

-Venga -le dije enérgicamente-. Volvámonos. Su salud es preciosa, amigo mío. Es usted rico, respetado, admirado, querido. Es usted feliz, como yo lo he sido en otro tiempo. No debe usted malograrse. Por lo que mí respecta, es distinto. Volvámonos. Podría usted enfermarse y no quiero cargar con esa responsabilidad. Además, cerca de aquí vive Luchesi...

-Basta -me dijo-. Esta tos carece de importancia. No me matará. No me moriré de tos.

-Verdad, verdad -le contesté-. Realmente, no era mi intención alarmarle sin motivo, pero debe tomar precauciones. Un trago de este medoc le defenderá de la humedad.

Y diciendo esto, rompí el cuello de una botella que se hallaba en una larga fila de otras análogas, tumbadas en el húmedo suelo.

-Beba -le dije, ofreciéndole el vino.

Se llevó la botella a los labios, mirándome de soslayo. Hizo una pausa y me saludó con familiaridad. Los cascabeles sonaron.

-Bebo -dijo- a la salud de los enterrados que descansan en torno nuestro.

-Y yo, por la larga vida de usted.

De nuevo me cogió de mi brazo y continuamos nuestro camino.

-Esas cuevas -me dijo- son muy vastas.

-Los Montresors -le contesté- era una grande y numerosa familia.

-He olvidado cuáles eran sus armas.

-Un gran pie de oro en campo de azur. El pie aplasta a una serpiente rampante, cuyos dientes se clavan en el talón.

-¡Muy bien! -dijo.

Brillaba el vino en sus ojos y retiñían los cascabeles. También se caldeó mi fantasía a causa del medoc. Por entre las murallas formadas por montones de esqueletos, mezclados con barriles y toneles, llegamos a los más profundos recintos de las catacumbas. Me detuve de nuevo, esta vez me atreví a coger a Fortunato de un brazo, más arriba del codo.

-El salitre -le dije-. Vea usted cómo va aumentando. Como si fuera musgo, cuelga de las bóvedas. Ahora estamos bajo el lecho del río. Las gotas de humedad se filtran por entre los huesos. Venga usted. Volvamos antes de que sea muy tarde. Esa tos...

-No es nada -dijo-. Continuemos. Pero primero echemos otro traguito de medoc.

Rompí un frasco de vino de De Grave y se lo ofrecí. Lo vació de un trago. Sus ojos llamearon con ardiente fuego. Se echó a reír y tiró la botella al aire con un ademán que no pude comprender.

Le miré sorprendido. El repitió el movimiento, un movimiento grotesco.

-¿No comprende usted? -preguntó.

-No -le contesté.

-Entonces, ¿no es usted de la hermandad?

-¿Cómo?

-¿No pertenece usted a la masonería?

-Sí, sí -dije-; sí, sí.

-¿Usted? ¡Imposible! ¿Un masón?

-Un masón -repliqué.

-A ver, un signo -dijo.

-Éste -le contesté, sacando de debajo de mi roquelaire una paleta de albañil.

-Usted bromea -dijo, retrocediendo unos pasos-. Pero, en fin, vamos por el amontillado.

-Bien -dije, guardando la herramienta bajo la capa y ofreciéndole de nuevo mi brazo.

Se apoyó pesadamente en él y seguimos nuestro camino en busca del amontillado. Pasamos por debajo de una serie de bajísimas bóvedas, bajamos, avanzamos luego, descendimos después y llegamos a una profunda cripta, donde la impureza del aire hacía enrojecer más que brillar nuestras antorchas.

En lo más apartado de la cripta se descubría otra menos espaciosa. En sus paredes habían sido alineados restos humanos de los que se amontonaban en la cueva de encima de nosotros, tal como en las grandes catacumbas de París.

Tres lados de aquella cripta interior estaban también adornados del mismo modo. Del cuarto habían sido retirados los huesos y yacían esparcidos por el suelo, formando en un rincón un montón de cierta altura. Dentro de la pared, que había quedado así descubierta por el desprendimiento de los huesos, se veía todavía otro recinto interior, de unos cuatro pies de profundidad y tres de anchura, y con una altura de seis o siete.

No parecía haber sido construido para un uso determinado, sino que formaba sencillamente un hueco entre dos de los enormes pilares que servían de apoyo a la bóveda de las catacumbas, y se apoyaba en una de las paredes de granito macizo que las circundaban.

En vano, Fortunato, levantando su antorcha casi consumida, trataba de penetrar la profundidad de aquel recinto. La débil luz nos impedía distinguir el fondo.

-Adelántese -le dije-. Ahí está el amontillado. Si aquí estuviera Luchesi...

-Es un ignorante -interrumpió mi amigo, avanzando con inseguro paso y seguido inmediatamente por mí.

En un momento llegó al fondo del nicho, y, al hallar interrumpido su paso por la roca, se detuvo atónito y perplejo. Un momento después había yo conseguido encadenarlo al granito. Había en su superficie dos argollas de hierro, separadas horizontalmente una de otra por unos dos pies.

Rodear su cintura con los eslabones, para sujetarlo, fue cuestión de pocos segundos. Estaba demasiado aturdido para ofrecerme resistencia. Saqué la llave y retrocedí, saliendo del recinto.

-Pase usted la mano por la pared -le dije-, y no podrá menos que sentir el salitre. Está, en efecto, muy húmeda. Permítame que le ruegue que regrese. ¿No? Entonces, no me queda más remedio que abandonarlo; pero debo antes prestarle algunos cuidados que están en mi mano.

-¡El amontillado! -exclamó mi amigo, que no había salido aún de su asombro.

-Cierto -repliqué-, el amontillado.

Y diciendo estas palabras, me atareé en aquel montón de huesos a que antes he aludido. Apartándolos a un lado no tardé en dejar al descubierto cierta cantidad de piedra de construcción y mortero. Con estos materiales y la ayuda de mi paleta, empecé activamente a tapar la entrada del nicho. Apenas había colocado al primer trozo de mi obra de albañilería, cuando me di cuenta de que la embriaguez de Fortunato se había disipado en gran parte. El primer indicio que tuve de ello fue un gemido apagado que salió de la profundidad del recinto. No era ya el grito de un hombre embriagado. Se produjo luego un largo y obstinado silencio. Encima de la primera hilada coloqué la segunda, la tercera y la cuarta. Y oí entonces las furiosas sacudidas de la cadena. El ruido se prolongó unos minutos, durante los cuales, para deleitarme con él, interrumpí mi tarea y me senté en cuclillas sobre los huesos. Cuando se apaciguó, por fin, aquel rechinamiento, cogí de nuevo la paleta y acabé sin interrupción las quinta, sexta y séptima hiladas. La pared se hallaba entonces a la altura de mi pecho. De nuevo me detuve, y, levantando la antorcha por encima de la obra que había ejecutado, dirigí la luz sobre la figura que se hallaba en el interior.

Una serie de fuertes y agudos gritos salió de repente de la garganta del hombre encadenado, como si quisiera rechazarme con violencia hacia atrás.

Durante un momento vacilé y me estremecí. Saqué mi espada y empecé a tirar estocadas por el interior del nicho. Pero un momento de reflexión bastó para tranquilizarme. Puse la mano sobre la maciza pared de piedra y respiré satisfecho. Volví a acercarme a la pared, y contesté entonces a los gritos de quien clamaba. Los repetí, los acompañé y los vencí en extensión y fuerza. Así lo hice, y el que gritaba acabó por callarse.

Ya era medianoche, y llegaba a su término mi trabajo. Había dado fin a las octava, novena y décima hiladas.

Había terminado casi la totalidad de la oncena, y quedaba tan sólo una piedra que colocar y revocar. Tenía que luchar con su peso. Sólo parcialmente se colocaba en la posición necesaria. Pero entonces salió del nicho una risa ahogada, que me puso los pelos de punta.

Se emitía con una voz tan triste, que con dificultad la identifiqué con la del noble Fortunato. La voz decía:

-¡Ja, ja, ja! ¡Je, je, je! ¡Buena broma, amigo, buena broma! ¡Lo que nos reiremos luego en el palazzo, ¡je, je, je!, a propósito de nuestro vino! ¡Je, je, je!

-El amontillado -dije.

-¡Je, je, je! Sí, el amontillado. Pero, ¿no se nos hace tarde? ¿No estarán esperándonos en el palazzo Lady Fortunato y los demás? Vámonos.

-Sí -dije-; vámonos ya.

-¡Por el amor de Dios, Montresor!

-Sí -dije-; por el amor de Dios.

En vano me esforcé en obtener respuesta a aquellas palabras. Me impacienté y llamé en alta voz:

-¡Fortunato!

No hubo respuesta, y volví a llamar.

-¡Fortunato!

Tampoco me contestaron. Introduje una antorcha por el orificio que quedaba y la dejé caer en el interior. Me contestó sólo un cascabeleo. Sentía una presión en el corazón, sin duda causada por la humedad de las catacumbas. Me apresuré a terminar mi trabajo. Con muchos esfuerzos coloqué en su sitio la última piedra y la cubrí con argamasa. Volví a levantar la antigua muralla de huesos contra la nueva pared. Durante medio siglo, nadie los ha tocado. *In pace requiescat!*

| 191 |

de huesos contra la nueva pared. Durante medio siglo, nadie los ha tocado. *In pace requiescat!*

La caída de la casa Usher

(1839)

Son cœur est un luth suspendu;
Sitôt qu'on le touche il résonne.
De Béranger

Durante un día entero de otoño, oscuro, sombrío, silencioso, en que las nubes se cernían pesadas y opresoras en los cielos, había yo cruzado solo, a caballo, a través de una extensión singularmente monótona de campiña, y al final me encontré, cuando las sombras de la noche se extendían, a la vista de la melancólica Casa de Usher.

No sé cómo sucedió; pero, a la primera ojeada sobre el edificio, una sensación de insufrible tristeza penetró en mi espíritu.

Digo insufrible, pues aquel sentimiento no estaba mitigado por esa emoción semiagradable, por ser poético, con que acoge en general el ánimo hasta la severidad de las naturales imágenes de la desolación o del terror.

Contemplaba yo la escena ante mí la simple casa, el simple paisaje característico de la posesión, los helados muros, las ventanas parecidas a ojos vacíos, algunos juncos alineados y unos cuantos troncos blancos y enfermizos con una completa depresión de alma que no puede compararse apropiadamente, entre las sensaciones terrestres, más que con ese ensueño posterior del opiómano, con esa amarga vuelta a la vida diaria, a la atroz caída del velo.

Era una sensación glacial, un abatimiento, una náusea en el corazón, una irremediable tristeza de pensamiento que ningún estímulo de la imaginación podía impulsar a lo sublime.

¿Qué era aquello -me detuve a pensarlo-, qué era aquello que me desalentaba así al contemplar la Casa de Usher? Era un misterio de todo punto insoluble; no podía luchar contra las sombrías visiones que se amontonaban sobre mí mientras reflexionaba en ello.

Me vi forzado a recurrir a la conclusión insatisfactoria de que existen, sin lugar a dudas, combinaciones de objetos naturales muy simples que tienen el poder de afectarnos de este modo, aunque el análisis de ese poder se base sobre consideraciones en que perderíamos pie.

Era posible, pensé, que una simple diferencia en la disposición de los detalles de la decoración, de los pormenores del cuadro, sea suficiente para modificar, para aniquilar quizá, esa capacidad de impresión dolorosa. Obrando conforme a esa idea, guié mi caballo hacia la orilla escarpada de un negro y lúgubre estanque que se extendía con tranquilo brillo ante la casa, y miré con fijeza hacia abajo - pero con un estremecimiento más aterrador aún que antes - las imágenes recompuestas e invertidas de los juncos grisáceos, de los lívidos troncos y de las ventanas parecidas a ojos vacíos.

Sin embargo, en aquella mansión lóbrega me proponía residir unas semanas.

Su propietario, Roderick Usher, fue uno de mis joviales compañeros de infancia; pero habían transcurrido muchos años desde nuestro último encuentro.

Una carta, empero, me había llegado recientemente a una alejada parte de la comarca -una carta de él-, cuyo carácter de vehemente apremio no admitía otra respuesta que mi presencia. La letra mostraba una evidente agitación nerviosa. El autor de la carta me hablaba de una dolencia física aguda -de un trastorno mental que le oprimía- y de un ardiente deseo de verme, como a su mejor y en realidad su único amigo, pensando hallar en el gozo de mi compañía algún alivio a su mal. Era la manera como decía todas estas cosas y muchas más, era la forma suplicante de abrirme su pecho, lo que no me permitía vacilación, y, por tanto, obedecí desde luego, lo que consideraba yo, pese a todo, como un requerimiento muy extraño. Aunque los niños hubiéramos sido camaradas íntimos, bien mirado, sabía yo muy poco de mi amigo. Su reserva fue siempre excesiva y habitual. Sabía, no obstante, que pertenecía a una familia muy antañona que se había distinguido desde tiempo inmemorial por una peculiar sensibilidad de temperamento, desplegada a través de los siglos en muchas obras de un arte elevado, y que se manifestaba desde antiguo en actos repetidos de una generosa aunque recatada caridad, así como por una apasionada devoción a las dificultades, quizá más bien que a las bellezas ortodoxas y sin esfuerzo reconocibles de la ciencia musical.

Tuve también noticia del hecho muy notable de que del tronco de la estirpe de los Usher, por gloriosamente antiguo que fuese, no había brotado nunca, en ninguna época, rama duradera; en otras palabras: que la familia entera se había perpetuado siempre en línea directa, salvo muy insignificantes y pasajeras excepciones.

Semejante deficiencia, pensé -mientras revisaba en mi imaginación la perfecta concordancia de aquellas aserciones con el carácter proverbial de la raza, y mientras reflexionaba en la posible influencia que una de ellas podía haber ejercido, en una larga serie de siglos, sobre la otra-, era acaso aquella ausencia de rama colateral y de consiguiente transmisión directa, de padre a hijo, del patrimonio del nombre, lo que había, a la larga, identificado tan bien a los dos, uniendo el título originario de la posesión a la arcaica y equívoca denominación de «Casa de Usher», denominación empleada por los lugareños, y que parecía juntar en su espíritu la familia y la casa solariega.

Ya he dicho que el único efecto de mi experiencia un tanto pueril -contemplar abajo el estanque- fue hacer más profunda aquella primera impresión.

No puedo dudar que la conciencia de mi acrecida superstición -¿por qué no definirla así?- sirvió para acelerar aquel crecimiento.

Tal es, lo sabía desde larga fecha, la paradójica ley de todos los sentimientos basados en el terror.

Y aquélla fue tal vez la única razón que hizo, cuando mis ojos desde la imagen del estanque se alzaron hacia la casa misma, que brotase en mi mente una extraña visión, una visión tan ridícula, en verdad, que si hago mención de ella es para demostrar la viva fuerza de las sensaciones que me oprimían.

Mi imaginación había trabajado tanto, que creía realmente que en torno a la casa y la posesión enteras flotaba una atmósfera peculiar, así como en las cercanías más inmediatas; una atmósfera que no tenía afinidad con el aire del cielo, sino que emanaba de los enfermizos árboles, de los muros grisáceos y del estanque silencioso; un vapor pestilente y místico, opaco, pesado, apenas discernible, de tono plomizo.

Sacudí de mi espíritu lo que no podía ser más que un sueño, y examiné más minuciosamente el aspecto real del edificio. Su principal característica parecía ser la de una excesiva antigüedad. La decoloración ocasionada por los siglos era grande. Menudos hongos se esparcían por toda la fachada, tapizándola con la fina trama de un tejido, desde los tejados. Por cierto que todo aquello no implicaba ningún deterioro extraordinario.

No se había desprendido ningún trozo de la mampostería, y parecía existir una violenta contradicción entre aquella todavía perfecta adaptación de las partes y el estado especial de las piedras desmenuzadas. Aquello me recordaba mucho la espaciosa integridad de esas viejas maderas labradas que han dejado pudrir durante largos años en alguna olvidada cueva, sin contacto con el soplo del aire exterior.

Aparte de este indicio de ruina extensiva, el edificio no presentaba el menor síntoma de inestabilidad. Acaso la mirada de un observador minucioso hubiera descubierto una grieta apenas perceptible que, extendiéndose desde el tejado, de la fachada, se abría paso, bajando en zigzag por el muro, e iba a perderse en las tétricas aguas del estanque. Observando estas cosas, seguí a caballo un corto terraplén hacia la casa. Un lacayo que esperaba cogió mi caballo, y entré por el arco gótico del vestíbulo. Un criado de furtivo andar me condujo desde allí, en silencio, a través de muchos corredores oscuros e intrincados, hacia el estudio de su amo. Muchas de las cosas que encontré en mi camino contribuyeron, no sé por qué, a exaltar esas vagas sensaciones de que he hablado antes.

Los objetos que me rodeaban -las molduras de los techos, los sombríos tapices de las paredes, la negrura de ébano de los pisos y los fantasmagóricos trofeos de armas que tintineaban con mis zancadas- eran cosas muy conocidas para mí, a las que estaba acostumbrado desde mi infancia, y aunque no vacilase en reconocerlas todas como familiares, me sorprendió lo insólito que eran las visiones que aquellas imágenes ordinarias despertaban en mí.

En una de las escaleras me encontré al médico de la familia. Su semblante, pensé, mostraba una expresión mezcla de baja astucia y de perplejidad. Me saludó con azoramiento, y pasó. El criado abrió entonces una puerta y me condujo a presencia de su señor. La habitación en que me hallaba era muy amplia y alta; las ventanas, largas, estrechas y ojivales, estaban a tanta distancia del negro piso de roble, que eran en absoluto inaccesibles desde dentro.

Débiles rayos de una luz roja se abrían paso a través de los cristales enrejados, dejando lo bastante en claro los principales objetos de alrededor; la mirada, empero, luchaba en vano por alcanzar los rincones lejanos de la estancia, o los entrantes del techo abovedado y con artesones.

Oscuros tapices colgaban de las paredes. El mobiliario general era excesivo, incómodo, antiguo y deslucido. Numerosos libros e instrumentos de música yacían esparcidos en tomo, pero no bastaban a dar vitalidad alguna a la escena. Sentía yo que respiraba una atmósfera penosa. Un aire de severa, profunda e irremisible melancolía se cernía y lo penetraba todo.

A mi entrada, Usher se levantó de un sofá sobre el cual estaba tendido por completo, y me saludo con una calurosa viveza que se asemejaba mucho, tal vez fue mi primer pensamiento, a una exagerada cordialidad, al obligado esfuerzo de un hombre de mundo ennuyé.

Con todo, la ojeada que lancé sobre su cara me convenció de su perfecta sinceridad. Nos sentamos, y durante unos momentos, mientras él callaba, le miré con un sentimiento mitad de piedad y mitad de pavor. ¡De seguro, jamás hombre alguno había cambiado de tan terrible modo y en tan breve tiempo como Roderíck Usher! A duras penas podía yo mismo persuadirme a admitir la identidad del que estaba frente a mí con el compañero de mis primeros años.

Aun así, el carácter de su fisonomía había sido siempre notable. Un cutis cadavérico, unos ojos grandes, líquidos y luminosos sobre toda comparación; unos labios algo finos y muy pálidos, pero de una curva incomparablemente bella; una nariz de un delicado tipo hebraico, pero de una anchura desacostumbrada en semejante forma; una barbilla moldeada con finura, en la que la falta de prominencia revelaba una falta de energía; el cabello, que por su tenuidad suave parecía tela de araña; estos rasgos, unidos a un desarrollo frontal excesivo, componían en conjunto una fisonomía que no era fácil olvidar.

Y al presente, en la simple exageración del carácter predominante de aquellas facciones, y en la expresión que mostraban, se notaba un cambio tal, que dudaba yo del hombre a quien hablaba.

La espectral palidez de la piel y el brillo ahora milagroso de los ojos me sobrecogían sobre toda ponderación, y hasta me aterraban.

Además, había él dejado crecer su sedoso cabello sin preocuparse, y como aquel tejido arácneo flotaba más que caía en torno a la cara, no podía yo, ni haciendo un esfuerzo, relacionar a aquella expresión arabesca con idea alguna de simple humanidad.

Me choco lo primero cierta incoherencia, una contradicción en las maneras de mi amigo, y pronto descubrí que aquello procedía de una serie de pequeños y fútiles esfuerzos por vencer un azoramiento habitual, una excesiva agitación nerviosa.

Estaba yo preparado para algo de ese género, no sólo por su carta, sino por los recuerdos de ciertos rasgos de su infancia, y por las conclusiones deducidas de su peculiar conformación física y de su temperamento.

Sus actos eran tan pronto vivos como insolentes. Su voz variaba rápidamente de una indecisión trémula (cuando su ardor parecía caer en completa inacción) a esa especie de concisión enérgica a esa enunciación abrupta, pesada, lenta -una enunciación hueca-, a ese habla gutural, plúmbea, muy bien modulada y equilibrada, que puede observarse en el borracho perdido o en el incorregible comedor de opio, durante los períodos de su más intensa excitación.

Así, pues, habló del objeto de mi visita, de su ardiente deseo de verme, y de la alegría que esperaba de mí. Se extendió bastante rato sobre lo que pensaba acerca del carácter de su dolencia. Era, dijo, un mal constitucional, de familia, para el cual desesperaba de encontrar un remedio; una simple afección nerviosa, añadió acto seguido, que, sin duda, desaparecería pronto. Se manifestaba en una multitud de sensaciones extranaturales... Algunas, mientras me las detallaba, me interesaron y confundieron, aunque quizá los términos y gestos de su relato influyeron bastante en ello.

Sufría él mucho de una agudeza morbosa de los sentidos; sólo toleraba los alimentos más insípidos; podía usar no más que prendas de cierto tejido; los aromas de todas las flores le sofocaban; una luz, incluso débil, atormentaba sus ojos, y exclusivamente algunos sonidos peculiares, los de los instrumentos de cuerda, no le inspiraban horror. Vi que era el esclavo forzado de una especie de terror anómalo.

-Moriré -dijo-, debo morir de esta lamentable locura.

Así, así y no de otra manera, debo morir.
Temo los acontecimientos futuros, no en sí mismos, sino en sus consecuencias.

Tiemblo al pensamiento de cualquier cosa, del más trivial incidente que pueden actuar sobre esta intolerable agitación de mi alma.

Siento verdadera aversión al peligro, excepto en su efecto absoluto: el terror.

En tal estado de excitación, en tal estado lamentable, presiento que antes o después llegará un momento en que han de abandonarme a la vez la vida y la razón, en alguna lucha con el horrendo fantasma, con el miedo.

Supe también a intervalos, por insinuaciones interrumpidas y ambiguas, otra particularidad de su estado mental.

Estaba él encadenado por ciertas impresiones supersticiosas, relativas a la mansión donde habitaba, de la que no se había atrevido a salir desde hacía muchos años, relativas a una influencia cuya supuesta fuerza expresaba en términos demasiado sombríos para ser repetidos aquí, una influencia que algunas particularidades en la simple forma y materia de su casa solariega habían, a costa, de un largo sufrimiento, decía él, logrado sobre su espíritu un efecto que lo físico de los muros y de las torres grises, y del oscuro estanque en que todo se reflejaba, había al final creado sobre lo moral de su existencia.

Admitía él, no obstante, aunque con vacilación, que gran parte de la especial tristeza que le afligía podía atribuirse a un origen más natural y mucho más palpable, a la cruel y ya antigua dolencia, a la muerte -sin duda cercana- de una hermana tiernamente amada, su sola compañera durante largos años, su última y única parienta en la tierra.

-Su fallecimiento -dijo él con una amargura que no podré nunca olvidar- me dejará (a mí, el desesperanzado, el débil) como el último de la antigua raza de los Usher.

Mientras hablaba, lady Madeline (así se llamaba) pasó por la parte más distante de la habitación, y sin fijarse en mi presencia, desapareció.

La miré con un enorme asombro no desprovisto de terror, y, sin embargo, me pareció imposible darme cuenta de tales sentimientos.

Una sensación de estupor me oprimía conforme mis ojos seguían sus pasos que se alejaban.

Cuando al fin se cerró una puerta tras ella, mí mirada buscó instintiva y ansiosamente la cara de su hermano, pero él había hundido el rostro en sus manos, y sólo pude observar que una palidez mayor que la habitual se había extendido sobre los descarnados dedos, a través de los cuales goteaban abundantes lágrimas apasionadas.

La enfermedad de lady Madeline había desconcertado largo tiempo la ciencia de sus médicos.

Una apatía constante, un agotamiento gradual de su persona y, frecuentes aunque pasajeros ataques de carácter cataléptico parcial, eran el singular diagnóstico.

Hasta entonces había ella soportado con firmeza la carga de su enfermedad, sin resignarse, por fin, a guardar cama; pero, al caer la tarde de mi llegada a la casa, sucumbió (como su hermano me dijo por la noche con una inexpresable agitación) al poder postrador del mal, y supe que la mirada que yo le había dirigido sería, probablemente, la última, que no vería ya nunca más a aquella dama, viva al menos.

En varios días consecutivos no fue mencionado su nombre ni por Usher ni por mí, y durante ese período hice esfuerzos ardorosos para aliviar la melancolía de mi amigo.

Pintamos y leímos juntos, o si no, escuchaba yo, como un sueño, sus fogosas improvisaciones en su elocuente guitarra.

Y así, a medida que una intimidad cada vez más estrecha me admitía con mayor franqueza en las reconditeces de su alma, percibía yo más amargamente la inutilidad de todo esfuerzo para alegrar un espíritu cuya negrura, como una cualidad positiva que le fuese inherente, derramaba sobre todos los objetos del universo moral y físico una irradiación incesante de tristeza.

Conservaré siempre el recuerdo de muchas horas solemnes que pasé solo con el dueño de la Casa de Usher.

A pesar de todo, intentaría en balde expresar el carácter exacto de los estudios o de las ocupaciones en que me complicaba o cuyo camino me mostraba.

Una idealidad ardiente, elevada, enfermiza, arrojaba su luz sulfúrea por doquiera.

Sus largas improvisaciones fúnebres resonarán siempre en mis oídos. Entre otras cosas, recuerdo dolorosamente cierta singular perversión, amplificada, del aria impetuosa del último vals de Weber.

En cuanto a las pinturas que incubaba su laboriosa fantasía -que llegaba, trazo a trazo, a una vaguedad que me hacía estremecer con mayor conmoción, pues temblaba sin saber por qué-, en cuanto a aquellas pinturas (de imágenes tan vivas, que las tengo aún ante mí), en vano intentarla yo extraer de ellas la más pequeña parte que pudiese estar contenida en el ámbito de las simples palabras escritas.

Por la completa sencillez, por la desnudez de sus dibujos, inmovilizaba y sobrecogía la atención.

Si alguna vez un mortal pintó una idea, ese mortal fue Roderick Usher.

Para mí, al menos, en las circunstancias que me rodeaban, de las puras abstracciones que el hipocondriaco se ingeniaba en lanzar sobre su lienzo, se alzaba un terror intenso, intolerable, cuya sombra no he sentido nunca en la contemplación de los sueños, sin duda, refulgentes, aunque demasiado concretos, de Fuseli.

Una de las concepciones fantasmagóricas de mi amigo, en que el espíritu de abstracción no participaba con tanta rigidez, puede ser esbozada, aunque apenas, con palabras. Era un cuadrito que representaba el interior de una cueva o túnel intensamente largo y rectangular, de muros bajos, lisos, blancos y sin interrupción ni adorno. Ciertos detalles accesorios del dibujo servían para hacer comprender la idea de que aquella excavación estaba a una profundidad excesiva bajo la superficie de la tierra.

No se veía ninguna salida a lo largo de su vasta extensión, ni se divisaba antorcha u otra fuente artificial de luz, y, sin embargo, una oleada de rayos intensos rodaba de parte a parte, bañándolo todo en un lívido e inadecuado esplendor.

Acabo de hablar de ese estado morboso del nervio auditivo que hacía toda música intolerable para el paciente, excepto ciertos efectos de los instrumentos de cuerda.

Eran, quizá, los límites estrechos en los cuales se había confinado él mismo al tocar la guitarra los que habían dado en gran parte aquel carácter fantástico a sus interpretaciones.

Pero en cuanto a la férvida facilidad de sus impromptus, no podía uno darse cuenta así.

Tenían que ser, y lo eran, en las notas lo mismo que en las palabras de sus fogosas fantasías (pues él las acompañaba a menudo con improvisaciones verbales rimadas), el resultado de ese intenso recogimiento, de esa concentración mental a los que he aludido antes, y que se observan sólo en los momentos especiales de la más alta excitación artificial.

Recuerdo bien las palabras de una de aquellas rapsodias. Me impresionó acaso más fuertemente cuando él me la dio, porque bajo su sentido interior o místico me pareció percibir por primera vez que Usher tenía plena conciencia de su estado, que sentía cómo su sublime razón se tambaleaba sobre su trono.

Aquellos versos, titulados El palacio hechizado, eran, poco más o menos, si no al pie de la letra, los siguientes:

I

En el más verde de nuestros valles,
habitado por los ángeles buenos,
antaño un bello y majestuoso palacio
-un radiante palacio- alzaba su frente.
En los dominios del rey Pensamiento,
¡allí se elevaba!

jamás un serafín desplegó el ala
sobre un edificio la mitad de bello.

II
Banderas amarillas, gloriosas, doradas,
sobre su remate flotaban y ondeaban
(esto, todo esto, sucedía hace mucho,
muchísimo tiempo);
y a cada suave brisa que retozaba,
en aquellos gratos días,
a lo largo de los muros pálidos y empenachados
se elevaba un aroma alado.

III
Los que vagaban por ese alegre valle,
a través de dos ventanas iluminadas, veían
espíritus moviéndose musicalmente
a los sones de un laúd bien templado,
en torno a un trono donde, sentado
(¡íporfirogénito!)
con un fausto digno de su gloria,
aparecía el señor del reino.

IV
Y refulgente de perlas y rubíes
era la puerta del bello palacio,
por la que salía a oleadas, a oleadas, a oleadas,
y centelleaba sin cesar,
una turba de Ecos cuya grata misión

era sólo cantar,
con voces de magnífica belleza,
el talento y el saber de su rey.

V

Pero seres malvados, con ropajes de luto,
asaltaron la elevada posición del monarca;
(¡ah, lloremos, pues nunca el alba
despuntará sobre él, el desolado!).
Y en torno a su mansión, la gloria
que rodeaba y florecía
es sólo una historia oscuramente recordada
de las viejas edades sepultadas.

VI

Y ahora los viajeros, en ese valle,
a través de las ventanas rojizas, ven
amplias formas moviéndose fantásticamente
en una desacorde melodía;
mientras, cual un rápido y horrible río,
a través de la pálida puerta
una horrenda turba se precipita eternamente,
riendo, mas sin sonreír nunca más.

Recuerdo muy bien que las sugestiones, suscitadas por
esta balada nos sumieron en una serie de pensamientos
en la que se manifestó una opinión de Usher que
menciono aquí, no tanto en razón de su novedad (pues

otros hombres han pensado lo mismo), sino a causa de la tenacidad con que él la mantuvo.

Esta opinión, en su forma general, era la de la sensibilidad de todos los seres vegetales.

Pero en su trastornada imaginación la idea había asumido un carácter más atrevido aún, e invadía, bajo ciertas condiciones, el reino inorgánico.

Me faltan palabras para expresar toda la extensión o el serio abandono de su convencimiento.

Esta creencia, empero, se relacionaba (como ya antes he sugerido) con las piedras grises de la mansión de sus antepasados.

Aquí las condiciones de la sensibilidad estaban cumplidas, según él imaginaba, por el método de colocación de aquellas piedras, por su disposición, así como por los numerosos hongos que las cubrían y los árboles enfermizos que se alzaban alrededor, pero sobre todo por la inmutabilidad de aquella disposición y por su desdoblamiento en las quietas aguas del estanque.

La prueba -la prueba de aquella sensibilidad- estaba, decía él (y yo le oía hablar, sobresaltado), en la gradual, pero evidente condensación, por encima de las aguas y alrededor de los muros, de una atmósfera que les era propia.

El resultado se descubría, añadía él, en aquella influencia muda, aunque importuna y terrible, que desde hacía siglos había moldeado los destinos de su familia, y que le hacía a él tal como le veía yo ahora, tal como era.

Semejantes opiniones no necesitan comentarios, y no lo haré.

Nuestros libros -los libros que desde hacía años formaban una parte no pequeña de la existencia espiritual del enfermo- estaban, como puede suponerse, de estricto acuerdo con aquel carácter fantasmal.

Estudiábamos minuciosamente obras como el Vertvert et Chartreuse, de Gresset; el Belphegor, de Maquiavelo; El cielo y el infierno, de Swedenborg; el viaje subterráneo, de Nicolás Klimm de Holberg; la Quiromancia, de Roberto Flaud, de Jean d'Indaginé y de De la Chambre; el Viaje por el espacio azul, de Tieck, y la Ciudad del Sol, de Campanella. Uno de sus volúmenes favoritos era una pequeña edición in octavo del Directorium Inquisitorium, por el dominico Eymeric de Gironne; y había pasajes, en Pomponius Mela, acerca de los antiguos sátiros africanos o egipanes, sobre los cuales Usher soñaba durante horas enteras.

Su principal delicia, con todo, la encontraba en la lectura atenta de un raro y curioso libro gótico in-quarto -el manual de una iglesia olvidada-, las Vigiliae Mortuorum Secundum Chorum Ecclesiae Maguntinae.

Pensaba a mi pesar en el extraño ritual de aquel libro, y en su probable influencia sobre el hipocondriaco, cuando, una noche, habiéndome informado bruscamente de que lady Madeline ya no existía, anunció su intención de conservar el cuerpo durante una quincena (antes de su enterramiento final) en una de las numerosas criptas situadas bajo los gruesos muros del edificio.

La razón profana que daba sobre aquella singular manera de proceder era de esas que no me sentía yo con libertad para discutir.

Como hermano, había adoptado aquella resolución (me dijo él) en consideración al carácter insólito de la enfermedad de la difunta, a cierta curiosidad importuna e indiscreta por parte de los hombres de ciencia, y a la alejada y expuesta situación del panteón familiar.

Confieso que, cuando recordé el siniestro semblante del hombre con quien me había encontrado en la escalera el día de mi llegada a la casa, no sentí deseo de oponerme a lo que consideraba todo lo más como una precaución inocente, pero muy natural.

A ruego de Usher, le ayudé personalmente en los preparativos de aquel entierro temporal.

Pusimos el cuerpo en el féretro, y entre los dos lo transportamos a su lugar de reposo.

La cripta en la que lo dejamos (y que estaba cerrada hacía tanto tiempo, que nuestras antorchas, semiapagadas en aquella atmósfera sofocante, no nos permitían ninguna investigación) era pequeña, húmeda y no dejaba penetrar la luz; estaba situada a una gran profundidad, justo debajo de aquella parte de la casa donde se encontraba mi dormitorio.

Había sido utilizada, al parecer, en los lejanos tiempos feudales, como mazmorra, y en días posteriores, como depósito de pólvora o de alguna otra materia inflamable, pues una parte del suelo y todo el interior de una larga bóveda que cruzamos para llegar hasta allí estaban cuidadosamente revestidos de cobre.

La puerta, de hierro macizo, estaba también protegida de igual modo.

Cuando aquel inmenso peso giraba sobre sus goznes producía un ruido singular, agudo y chirriante.

Depositamos nuestro lúgubre fardo sobre unos soportes en aquella región de horror, apartamos un poco la tapa del féretro, que no estaba aún atornillada, y miramos la cara del cadáver.

Un parecido chocante entre el hermano y la hermana atrajo en seguida mi atención, y Usher, adivinando tal vez mis pensamientos, murmuró unas palabras, por las cuales supe que la difunta y él eran gemelos, y que habían existido siempre entre ellos unas simpatías de naturaleza casi inexplicable.

Nuestras miradas, entretanto, no permanecieron fijas mucho tiempo sobre la muerta, pues no podíamos contemplarla sin espanto.

El mal que había llevado a la tumba a lady Madeline en la plenitud de su juventud había dejado, como suele suceder en las enfermedades de carácter estrictamente cataléptico, la burla de una débil coloración sobre el seno y el rostro, y en los labios, esa sonrisa equívoca y morosa que es tan terrible en la muerte.

Volvimos a colocar y atornillamos la tapa, y después de haber asegurado la puerta de hierro, emprendimos de nuevo nuestro camino hacia las habitaciones superiores de la casa, que no eran menos tristes.

Y entonces, después de un lapso de varios días de amarga pena, tuvo lugar un cambio visible en los síntomas de la enfermedad mental de mi amigo.

Sus maneras corrientes desaparecieron.

Sus ocupaciones ordinarias eran descuidadas u olvidadas. Vagaba de estancia en estancia con un paso precipitado, desigual y sin objeto.

La palidez de su fisonomía había adquirido, si es posible, un color más lívido; pero la luminosidad de sus ojos había desaparecido por completo.

No oía ya aquel tono de voz áspero que tenía antes en ocasiones, y un temblor que se hubiera dicho causado por un terror sumo, caracterizaba de ordinario su habla. Me ocurría a veces, en realidad, pensar que su mente, agitada sin tregua, estaba torturada por algún secreto opresor, cuya divulgación no tenía el valor para efectuar. Otras veces me veía yo obligado a pensar, en suma, que se trataba de rarezas inexplicables de la demencia, pues le veía mirando al vacío durante largas horas en una actitud de profunda atención, como si escuchase un ruido imaginario.

No es de extrañar que su estado me aterrase, que incluso sufriese yo su contagio.

Sentía deslizarse dentro de mí, en una gradación lenta, pero segura, la violenta influencia de sus fantásticas, aunque impresionantes supersticiones.

Fue en especial una noche, la séptima o la octava desde que depositamos a lady Madeline en la mazmorra, antes de retirarnos a nuestros lechos, cuando experimenté toda la potencia de tales sensaciones.

El sueño no quería acercarse a mi lecho, mientras pasaban y pasaban las horas.

Intenté buscar un motivo al nerviosismo que me dominaba.

Me esforcé por persuadirme de que lo que sentía era debido, en parte al menos, a la influencia trastornadora del mobiliario opresor de la habitación, a los sombríos tapices desgarrados que, atormentados por las ráfagas de una tormenta que se iniciaba, vacilaban de un lado a otro sobre los muros y crujían penosamente en torno a los adornos del lecho.

Pero mis esfuerzos fueron inútiles.

Un irreprimible temblor invadió poco a poco mi ánimo, y a la larga una verdadera pesadilla vino a apoderarse por completo de mí corazón.

Respiré con violencia, hice un esfuerzo, logré sacudirla, e incorporándome sobre las almohadas, y clavando una ardiente mirada en la densa oscuridad de la habitación, presté oído -no sabría decir por qué me impulsó una fuerza instintiva- a ciertos ruidos vagos, apagados e indefinidos que llegaban hasta mí a través de las pausas de la tormenta. Dominado por una intensa sensación de horror, inexplicable e insufrible, me vestí de prisa (pues sentía que no iba a serme posible dormir en toda la noche) y procuré, andando a grandes pasos por la habitación, salir del estado lamentable en que estaba sumido.

Apenas había dado así unas vueltas, cuando un paso ligero por una escalera cercana atrajo mi atención.

Reconocí muy pronto que era el paso de Usher.

Un instante después llamó suavemente en mi puerta, y entró, llevando una lámpara.

Su cara era, como de costumbre, de una palidez cadavérico; pero había, además, en sus ojos una especie de loca hilaridad, y en todo su porte, una histeria evidentemente contenida.

Su aspecto me aterró; pero todo era preferible a la soledad que había yo soportado tanto tiempo, y acogí su presencia como un alivio.

-¿Y usted no ha visto esto? -dijo él bruscamente, después de permanecer algunos momentos en silencio, mirándome-. ¿No ha visto usted esto? ¡Pues espere! Lo verá.

Mientras hablaba así, y habiendo resguardado cuidadosamente su lámpara, se precipitó hacia una de las ventanas y la abrió de par en par a la tormenta.

La impetuosa furia de la ráfaga nos levantó casi del suelo.

Era, en verdad, una noche tempestuosa; pero espantosamente bella, de una rareza singular en su terror y en su belleza.

Un remolino había concentrado su fuerza en nuestra proximidad, pues había cambios frecuentes y violentos en la dirección del viento, y la excesiva densidad de las nubes (tan bajas, que pesaban sobré las torrecillas de la casa) no nos impedía apreciar la viva velocidad con la cual acudían unas contra otras desde todos los puntos, en vez de perderse a distancia.

Digo que su excesiva densidad no nos impedía percibir aquello, y aun así, no divisábamos ni la luna ni las estrellas, ni relámpago alguno proyectaba su resplandor. Pero las superficies inferiores de aquellas vastas masas de agitado vapor, lo mismo que todos los objetos terrestres muy cerca alrededor nuestro, reflejaban la claridad sobrenatural de una emanación gaseosa que se cernía sobre la casa y la envolvía en una mortaja luminosa y bien visible.

-¡No debe usted, no contemplará usted esto! dije, temblando, a Usher, y le llevé con suave violencia desde la ventana a una silla-. Esas apariciones que le trastornan son simples fenómenos eléctricos, nada raros, o puede que tengan su horrible origen en los fétidos miasmas del estanque.

Cerremos esta ventana; el aire es helado y peligroso para su organismo. Aquí tiene usted una de sus novelas favoritas.

Leeré, y usted escuchará: y así pasaremos esta terrible noche, juntos.

El antiguo volumen que había yo cogido era el Mad Trist, de sir Launcelot Canning; pero lo había llamado el libro favorito de Usher por triste chanza, pues, en verdad, con su tosca y pobre prolijidad, poco atractivo podía ofrecer para la elevada y espiritual idealidad de mi amigo.

Era, sin embargo, el único libro que tenía inmediatamente a mano, y me entregué a la vaga esperanza de que la excitación que agitaba al hipocondríaco podría hallar alivio (pues la historia de los trastornos mentales está llena de anomalías semejantes) hasta en la exageración de las locuras que iba yo a leerle.

A juzgar por el gesto de predominante y ardiente interés con que escuchaba o aparentaba escuchar las frases de la narración, hubiese podido congratularme del éxito de mi propósito.

Había llegado a esa parte tan conocida de la historia en que Ethelredo, el héroe del Trist, habiendo intentado en vano penetrar pacíficamente en la morada del ermitaño, se decide a entrar por la fuerza.

Aquí, como se recordará, dice lo siguiente la narración:

„Y Ethelredo, que era por naturaleza de valeroso corazón, y que ahora sentíase, además, muy fuerte, gracias a la potencia del vino que había bebido, no esperó más tiempo para hablar con el ermitaño, quien tenía de veras el ánimo propenso a la obstinación y a la malicia: pero, sintiendo la lluvia sobre sus hombros y temiendo el desencadenamiento de la tempestad, levantó su maza, y con unos golpes abrió pronto un camino, a través de las tablas de la puerta, a su mano enguantada de hierro; y entonces, tirando con ella vigorosamente hacia sí, hizo crujir, hundirse y saltar todo en pedazos, de tal modo, que el ruido de la madera seca y sonando a hueco repercutió de una parte a otra de la selva."

Al final de esta frase me estremecí e hice una pausa, pues me había parecido (aunque pensé en seguida que mi exaltada imaginación me engañaba) que de una parte muy alejada de la mansión llegaba confuso a mis oídos un ruido que se hubiera dicho, a causa de su exacta semejanza de tono, el eco (pero sofocado y sordo, ciertamente) de aquel ruido real de crujido y de arrancamiento descrito con tanto detalle por sir Launcelot.

Era, sin duda, la única coincidencia lo que había atraído tan sólo mi atención, pues entre el golpeteo de las hojas de las ventanas y los ruidos mezclados de la tempestad creciente, el sonido en sí mismo no tenía, de seguro, nada que pudiera intrigarme o turbarme.

Continué la narración:

«Pero el buen campeón Ethelredo, franqueando entonces la puerta, se sintió dolorosamente furioso y asombrado al no percibir rastro alguno del malicioso ermitaño, sino, en su lugar, un dragón de una apariencia fenomenal y escamosa, con una lengua de fuego, y que estaba de centinela ante un palacio de oro, con el suelo de plata, y sobre el muro aparecía colgado un escudo brillante de bronce, con esta leyenda encima:

El que entre aquí, vencedor será;
el que mate al dragón, el escudo ganará.

Y Ethelredo levantó su maza y golpeó sobre la cabeza del dragón, que cayó ante él y exhaló su aliento pestilente con un ruido tan horrendo, áspero y penetrante a la vez, que Ethelredo tuvo que taparse los oídos con las manos para resistir del terrible estruendo como no lo había él oído nunca antes.»

Aquí hice de súbito una nueva pausa, y ahora con una sensación de violento asombro, pues no cabía duda de que había yo oído esta vez (érame imposible decir de qué dirección venía) un ruido débil y como lejano, pero áspero, prolongado, singularmente agudo y chirriante, la contrapartida exacta del grito sobrenatural del dragón descrito por el novelista y tal cual mi imaginación se lo había ya figurado.

Oprimido como lo estaba, sin duda, por aquella segunda y muy extraordinaria coincidencia, por mil sensaciones contradictorias, entre las cuales predominaban un asombro y un terror extremos, conservé, empero, la suficiente presencia de ánimo para tener cuidado de no excitar con una observación cualquiera la sensibilidad nerviosa de mi compañero.

No estaba seguro en absoluto de que él hubiera notado los ruidos en cuestión, siquiera, a no dudar, una extraña alteración habíase manifestado, desde hacía unos minutos, en su actitud.

De su posición primera enfrente de mí había él hecho girar gradualmente su silla de modo a encontrarse sentado con la cara vuelta hacia la puerta de la habitación; así, sólo podía yo ver parte de sus rasgos, aunque noté que sus labios temblaban como si dejasen escapar un murmullo inaudible.

Su cabeza estaba caída sobre su pecho, y, no obstante, yo sabía que no estaba dormido, pues el ojo que entreveía de perfil permanecía abierto y fijo.

Además, el movimiento de su cuerpo contradecía también aquella idea, pues se balanceaba con suave, pero constante y uniforme oscilación.

Noté, desde luego, todo eso, y reanudé el relato de sir Launcelot, que continuaba así:

«Y ahora el campeón, habiendo escapado de la terrible furia del dragón, y recordando el escudo de bronce, y que el encantamiento que sobre él pesaba estaba roto, apartó la masa muerta de delante de su camino y avanzó valientemente por el suelo de plata del castillo hacia el sitio del muro de donde colgaba el escudo; el cual, en verdad, no esperó a que estuviese él muy cerca, sino que cayó a sus pies sobre el pavimento de plata, con un pesado y terrible ruido.»

Apenas habían pasado entre mis labios estas últimas sílabas, y como si en realidad hubiera caído en aquel momento un escudo de bronce pesadamente sobre un suelo de plata, oí el eco claro, profundo, metálico, resonante, si bien sordo en apariencia.

Excitado a más no poder, salté sobre mis pies, en tanto que Usher no había interrumpido su balanceo acompasado.

Sus ojos estaban fijos ante sí, y toda su fisonomía, contraída por una pétrea rigidez.

Pero cuando puse la mano sobre su hombro, un fuerte estremecimiento recorrió todo su ser, una débil sonrisa tembló sobre sus labios, y vi que hablaba con un murmullo apagado, rápido y balbuciente, como si no se diera cuenta de mi presencia.

Inclinándome sobre él, absorbí al fin el horrendo significado de sus palabras.

-¿No oye usted? Sí, yo oigo, y he oído.

Durante mucho, mucho tiempo, muchos minutos, muchas horas, muchos días, he oído, pero no me atrevía.

¡Oh, piedad para mí, mísero desdichado que soy! ¡No me atrevía, no me atrevía a hablar! ¡La hemos metido viva en la tumba!

¿No le he dicho que mis sentidos están agudizados?

Le digo ahora que he oído sus primeros débiles movimientos dentro del ataúd.

Los he oído hace muchos, muchos días, y, sin embargo, ¡no me atrevía a hablar!

Y ahora, esta noche, Ethelred, ¡ja, ja! ¡La puerta del ermitaño rota, el grito de muerte del dragón y el estruendo del escudo, diga usted mejor el arrancamiento de su féretro, y el chirrido de los goznes de hierro de su prisión, y su lucha dentro de la bóveda de cobre!

¡Oh! ¿Adónde huir?

¿No estará ella aquí en seguida?

¿No va a aparecer para reprocharme mi precipitación?

¿No he oído su paso en la escalera?

¿No percibo el pesado y horrible latir de su corazón?

¡Insensato! -y en ese momento se alzó furiosamente de puntillas y aulló sus sílabas como si en aquel esfuerzo exhalase su alma-: Insensato.

¡Le digo a usted que ella está ahora detrás de la puerta!

En el mismo instante, como si la energía sobrehumana de sus palabras hubiese adquirido la potencia de un hechizo, las grandes y antiguas hojas que él señalaba entreabrieron pausadamente sus pesadas mandíbulas de ébano.

Era aquello obra de una furiosa ráfaga, pero en el marco de aquella puerta estaba entonces la alta y amortajada figura de lady Madeline de Usher.

Había sangre sobre su blanco ropaje, y toda su demacrada persona mostraba las señales evidentes de una enconada lucha.

Durante un momento permaneció trémula y vacilante sobre el umbral; luego, con un grito apagado y quejumbroso, cayó a plomo hacia adelante sobre su hermano, y en su violenta y ahora definitiva agonía le arrastró al suelo, ya cadáver y víctima de sus terrores anticipados.

Huí de aquella habitación y de aquella mansión, horrorizado.

La tempestad se desencadenaba aún en toda su furia cuando franqueé la vieja calzada.

De pronto una luz intensa se proyectó sobre el camino y me volví para ver de dónde podía brotar claridad tan singular, pues sólo tenía a mi espalda la vasta mansión y sus sombras.

La irradiación provenía de la luna llena, que se ponía entre un rojo de sangre, y que ahora brillaba con viveza a través de aquella grieta antes apenas visible, y que, como ya he dicho al principio, se extendía zigzagueando, desde el tejado del edificio hasta la base.

Mientras la examinaba, aquella grieta se ensanchó con rapidez; hubo de nuevo una impetuosa ráfaga, un remolino; el disco entero del satélite estalló de repente, ante mi vista; mi cerebro se alteró cuando vi los pesados muros desplomarse, partidos en dos; resonó un largo y tumultuoso estruendo, como la voz de mil cataratas, y el estanque profundo y fétido, situado a mis pies, se cerró tétrica y silenciosamente sobre los restos de la Casa de Usher.

La máscara de la muerte roja

(1842)

Hacía tiempo que la Muerte Roja devastaba el país. Nunca hubo peste tan mortífera ni tan horrible. La sangre era su emblema y su sello, el rojo horror de la sangre. Se sentían dolores agudos y un vértigo repentino, y luego los poros exudaban abundante sangre, hasta acabar en la muerte. Las manchas escarlatas en el cuerpo, y sobre todo en el rostro de la víctima, eran el estigma de la peste que le apartaban de toda ayuda y compasión de sus congéneres. En media hora se cumplía todo el proceso: síntomas, evolución y término de la enfermedad.

Pero el príncipe Próspero era intrépido, feliz y sagaz. Con sus dominios ya medio despoblados, llamó un día a su presencia a un millar de amigos sanos y joviales de entre las damas y caballeros de su corte, y con ellos se recluyó en el apartado retiro de una de sus abadías amuralladas. Era un conjunto de edificios amplio y magnífico, concebido por el gusto excéntrico, aunque majestuoso, del propio príncipe. Lo rodeaba una alta y sólida muralla. La muralla tenía portones de hierro. Una vez dentro los cortesanos, se trajeron fraguas y enormes martillos y se soldaron los cerrojos. Decidieron que no hubiese modo alguno de entrar o salir, si alguien de pronto se dejaba llevar por la desesperación o la locura. Había abundancia de provisiones. Con tales precauciones los cortesanos podían desafiar el contagio. Que el mundo de fuera se ocupase de sí mismo. Había bufones, había trovadores, había bailarinas, había músicos, había Belleza, había vino.

Dentro había todo eso, y también seguridad. Fuera estaba la Muerte Roja.

Fue hacia el final del quinto o sexto mes de su encierro, y mientras la peste se cebaba con furia en el exterior, cuando el príncipe Próspero ofreció a sus mil amigos un baile de máscaras de rara vistosidad.

Aquel baile fue un espectáculo voluptuoso. Pero permítaseme hablar primero de los salones en que se celebró. Eran siete: todo un ámbito imperial. Hay muchos palacios, sin embargo, en los que salones así ofrecen una perspectiva larga y lineal, con puertas corredizas que se desplazan casi hasta las mismas paredes de uno y otro lado, de modo que apenas nada interrumpe la vista en toda su longitud. El caso era aquí muy distinto, como cabría esperar de la afición del duque por lo extravagante. La distribución de las salas era tan irregular que apenas se contemplaban más de una al mismo tiempo. Cada veinte o treinta metros se producía un giro brusco, y con cada giro un efecto novedoso. A derecha e izquierda, en medio de la pared, una ventana gótica alta y estrecha se asomaba a un corredor cerrado que enmarcaba las sinuosidades del conjunto con vidrieras cuyos colores variaban de acuerdo con los tonos dominantes en la decoración del salón al que se abrían.

El del extremo oriental, por ejemplo, estaba decorado en azul, y las vidrieras en azul vivo. La ornamentación y los tapices del segundo eran de color púrpura, y purpúreos eran allí los cristales. El tercero era todo él verde, lo mismo que las ventanas. Los muebles y la iluminación del cuarto eran anaranjados; el quinto, blanco; el sexto, violeta. La séptima estancia era un denso sudario de tapices de terciopelo negro que cubrían el techo y las paredes, y caían en pesados pliegues sobre una alfombra del mismo tinte y textura. Pero sólo en esta habitación el color de las ventanas difería del decorado. Las vidrieras eran aquí de un tono escarlata, un rojo oscuro de sangre. Ahora bien, en ninguna de las siete cámaras había lámpara o candelabro alguno, entre la abundancia de adornos dorados que había por todas partes o que colgaban de los techos.

No había luz alguna que procediera de una lámpara o vela en todo el conjunto de habitaciones. Pero en el corredor que envolvía los salones había, frente a cada ventana, un pesado trípode con un brasero de fuego que, al proyectar su resplandor a través de las vidrieras, inundaba de luz la estancia. Se producía así una profusión llamativa de formas fantásticas. Pero en la habitación negra, o de poniente, el efecto del fuego a través de los cristales de sangre sobre los tapices negros resultaba de lo más siniestro, y daba un aire tan irreal a los rostros de los que allí entraban que muy pocos se atrevían a dar siquiera un paso en aquella estancia.

También era aquí donde se encontraba, contra el muro oeste, un gigantesco reloj de ébano. El péndulo oscilaba con un sonido grave, monótono y apagado, y cuando el minutero había recorrido toda la esfera y llegaba el momento de marcar la hora, de sus pulmones metálicos surgía un sonido límpido, potente, profundo y muy musical, pero de nota y énfasis tan peculiares que, a cada hora, los músicos se veían obligados a detenerse un momento para escucharlo, lo que obligaba a su vez a quienes bailaban a interrumpir el vals; y se producía un breve desconcierto en la alegría de todos; y, mientras sonaba el carillón, se veía cómo los más frívolos palidecían y los más sosegados por los años se pasaban la mano por la frente como perdidos en ensueños o en meditación. Aunque cuando cesaban los últimos ecos, una risa leve se apoderaba a la vez de toda la concurrencia; los músicos se miraban y sonreían como burlándose de sus propios nervios y desconcierto, y se susurraban mutuas promesas de que las siguientes campanadas no les causarían ya la misma impresión; pero luego, al cabo de sesenta minutos (que son tres mil seiscientos segundos de Tiempo que vuela), de nuevo sonaba el carillón, y volvía a repetirse la misma meditación, y el mismo desconcierto y nerviosismo de antes.

Pero a pesar de todo, era una fiesta alegre y magnífica. Los gustos del duque eran peculiares. Tenía un buen ojo para los colores y los efectos. Desdeñaba las convenciones de la moda. Sus planes eran atrevidos y apasionados, y un viso de barbarie iluminaba sus proyectos. Algunos le habrían tenido por loco. Sus seguidores no lo creían así. Pero era necesario oírle, y verle, y tocarle, para estar seguro.

Con ocasión de esta magna fiesta, había supervisado personalmente casi toda la decoración de los siete salones; y había sido su propio gusto el que había inspirado los disfraces. No os quepa duda de que eran extravagantes.

Abundaba la ostentación y el brillo, lo ilusorio y lo picante..., mucho de lo que después se ha visto en Hernani. Había figuras arabescas, con miembros y atuendos grotescos. Había fantasías delirantes como sólo los locos imaginan.

Había mucha belleza, mucha voluptuosidad, mucho de estrafalario, algo de terrible, y no poco de lo que podría haber ofendido. De hecho, por las siete estancias se paseaba majestuosamente una muchedumbre de sueños. Y estos —los sueños— se revolvían por las habitaciones, tiñéndose del color de cada una, y haciendo que la música desenfrenada de la orquesta pareciera el eco de sus pasos. Y entonces suena el reloj de ébano en el salón de terciopelo. Y por un momento todo se aquieta, todo se acalla salvo la voz del reloj. Los sueños quedan congelados y estáticos. Pero el eco de las campanadas se apaga —no han durado sino un instante— y una risa leve, a medias reprimida, queda flotando tras él. Y surge de nuevo la música, y viven los sueños, y se revuelven de un lado a otro más alegres que nunca, teñidos por las ventanas multicolores por las que penetra el resplandor de los trípodes. Pero en el salón de poniente, ninguno de los enmascarados se atreve ahora a entrar;

porque la noche ya se desvanece y una luz más rojiza se filtra por los cristales de color sangre; y la negrura roja de los tapices espanta; y quien aventura sus pasos sobre la negra alfombra escucha un sordo tictac, más solemne y enfático que el que llega a oídos de quienes se entregan a la alegría en las salas más distantes.

Pero las otras habitaciones estaban abarrotadas, y en ellas latía febrilmente el ansia de la vida. Prosiguió así el torbellino festivo, hasta que al cabo el reloj inició las campanadas de la medianoche. Y cesó entonces la música, como ya he dicho; y los que bailaban interrumpieron el vals; y, como en otras ocasiones, todo quedó desasosegadamente detenido. Pero ahora eran doce las campanadas que tenían que sonar; y ocurrió así, quizá, que al disponer de más tiempo, más grave se tornó la reflexión de quienes en la concurrencia ya estaban pensativos.

Y también ocurrió así, quizá, que antes de que el último eco de la última campanada hubiera desaparecido en el silencio, muchos ya habían reparado en la presencia de una figura enmascarada que hasta entonces no había llamado la atención de nadie. Y de boca en boca se extendió el rumor de esta nueva presencia, y al poco se alzó en toda la compañía un susurro, un murmullo de desaprobación y sorpresa, luego, por último, de terror, de horror y de asco. En una congregación fantasmagórica como la que he pintado, bien se puede suponer que ningún atuendo ordinario habría causado tal sensación. De hecho, esa noche la libertad en los disfraces era prácticamente ilimitada; pero la figura en cuestión había rizado el rizo, superando incluso los límites del gusto permisivo del príncipe. Hay fibras aún en el corazón de los más osados que no pueden tocarse sin que se emocionen.

Hasta los casos perdidos, para quienes la vida y la muerte son una misma broma, creen que hay ciertos asuntos con los que no se puede bromear. En todos los asistentes, desde luego, se apreciaba ahora la sensación intensa de que el disfraz y el porte del extraño carecían de todo ingenio y decoro. Era una figura alta y lúgubre, amortajada de la cabeza a los pies con el atuendo de la tumba. La máscara que ocultaba representaba tan fielmente el semblante rígido de un cadáver que al observador más atento le resultaría difícil descubrir el engaño. Aun así, todo esto lo habría soportado, si no aprobado, aquella alocada concurrencia. Pero el enmascarado había llegado incluso a asumir el aspecto de la Muerte Roja. La sangre le salpicaba la vestimenta..., y su ancha frente, y todas sus facciones, aparecían moteadas por el horror escarlata. Cuando la mirada del príncipe Próspero se detuvo en este espectro (que se paseaba lento y solemne, como para dar mayor empaque a su figura), se le notó una convulsión en un primer momento con un fuerte estremecimiento de horror o repugnancia; pero enseguida, el rostro se le encendió de ira.

–¿Quién se ha atrevido...? preguntó con voz ronca a los cortesanos que le acompañaban–: ¿Quién se ha atrevido a insultarnos con esta burla blasfema? ¡Cogedle y quitadle la máscara, y así sabremos a quien hay que colgar de una almena al amanecer!

Cuando pronunció estas palabras, el príncipe Próspero se hallaba en el salón azul, que daba al oriente. Y su eco recorrió alto y claro las siete estancias, porque el príncipe era un hombre robusto y osado, y un gesto suyo había acallado ya la música.

Era en el salón azul donde se hallaba el príncipe, en compañía de un grupo de pálidos cortesanos. Al principio, cuando habló, dieron éstos un primer paso hacia el intruso, que entonces estaba próximo a ellos, y que ahora se acercaba más aún, con porte deliberado y majestuoso. Pero cierto miedo indecible que la insensata arrogancia de la máscara había inspirado a todo el grupo impidió que nadie le pusiera la mano encima; así que, sin estorbo alguno, pasó apenas a un metro del príncipe; y, mientras en los salones la numerosa concurrencia, como movida por un mismo resorte, se hacía a un lado buscando el refugio de las paredes, el enmascarado siguió andando con el mismo paso solemne y mesurado que desde el comienzo le había distinguido, pasando de la sala azul a la púrpura, de la púrpura a la verde, de la verde a la de color naranja, de ésta a la blanca, e incluso de aquí a la morada, sin que nadie hiciera el menor intento de detenerle.

Fue entonces, sin embargo, cuando el príncipe Próspero, fuera de sí y avergonzado por su cobardía pasajera, cruzó veloz los seis salones, sin que nadie le siguiera por el terror mortal que de todos se había apoderado. Blandía una daga desenvainada, y se acercó impetuoso y rápido a muy poca distancia de la figura que seguía su camino, cuando ésta, que ya había llegado al salón de terciopelo, giró de pronto y le hizo frente. Hubo un grito agudo, y la daga reluciente cayó en la alfombra negra sobre la que, al instante, caía postrado por la muerte el príncipe Próspero. Después, llevados por el valor enloquecido de la desesperación, un amplio grupo entró en avalancha en el salón negro, en el que la alta figura seguía inmóvil y erguida bajo la sombra del reloj de ébano; pero al ponerle la mano encima al enmascarado, un horror innombrable les cortó el aliento y descubrieron que la mortaja y la máscara cadavérica que habían tratado con violenta rudeza no estaban habitadas por ninguna forma tangible.

Y reconocieron la presencia de la Muerte Roja. Había venido como un ladrón en la noche. Y uno a uno fueron cayendo los presentes en los salones antes festivos, ahora bañados en sangre, y cada uno hallaba la muerte en la desesperada postura en que caía. Y la vida del reloj de ébano se apagó con la del último cortesano. Y las llamas de los trípodes se extinguieron. Y de todo se adueñó la Tiniebla, la Corrupción y la Muerte Roja.

LIGEIA

(1838)

La voluntad está allí yacente, mas no muerta. ¿Quién conoce los misterios de la voluntad, en todo su poder? Porque Dios es solamente una inmensa voluntad dominando todas las cosas por virtud de su intensidad. El hombre no es vencido por los ángeles, ni siquiera por la muerte completamente, sino en razón de la flaqueza de su frágil voluntad.

—Jóseph Glánvill.

No podría, por mi ánima, recordar cómo, cuándo, ni dónde exactamente conocí a Lady Ligeia. Han transcurrido muchos años desde entonces, y mi memoria se ha debilitado con los sufrimientos. O tal vez me es imposible rememorarlo ahora porque, en realidad, la personalidad de mi amada, su raro talento, el sereno y singular carácter de su belleza y la penetrante y avasalladora elocuencia de su voz velada y musical se abrieron paso hasta mi corazón en forma tan rápida y furtiva que, sin duda alguna, aquellos incidentes pasaron desapercibidos o ignorados. Creo, sin embargo, que la encontré por primera vez y más a menudo en alguna grande, antigua y decadente ciudad en las cercanías del Rhin. Seguramente debo haberla oído hablar de su familia; y no cabe duda de que se remontaba a una gran antigüedad. ¡Ligeia! ¡Ligeia! Sumido en estudios de naturaleza tal que debilitan todas las impresiones del mundo exterior, sólo esta dulce palabra ¡Ligeia! tiene el poder de hacer brotar ante mis ojos, por medio de la fantasía, la imagen de aquella que ya no existe. Y ahora, mientras escribo, me asalta la idea de que jamás llegué a saber el nombre de familia de la que fué mi amiga y mi prometida, y llegó a convertirse en la compañera de mis estudios, y más tarde en la esposa elegida de mi corazón. ¿Fué aquello una humorada de mi Ligeia? ¿Exigió acaso, como prueba de la intensidad de mi afecto, que no hiciera yo investigación alguna a este respecto? ¿O sería quizás un capricho mío, alguna extraña y romántica ofrenda en el altar de la más apasionada devoción? Apenas tengo la confusa reminiscencia del hecho en si mismo; ¿cómo puede maravillar que haya olvidado por completo las circunstancias que lo originaron? Realmente, si alguna vez el espíritu que se denomina *Romance,* si la pálida *Astophet,* de alas de nebulosa, diosa del Egipto idólatra, presidió alguna vez, como aseguran, los matrimonios novelescos, indudablemente debió reinar en el mío.

Hay, sin embargo, un tema predilecto de mi corazón en el que mi memoria jamás falla. Es éste la *propia* Ligeia. Era de alta estatura, algo cenceña y casi flaca en sus últimos días. Trataría en vano de describir la majestad, el apacible reposo de su continente y la incomparable ligereza y elasticidad de su marcha. Iba y volvía como una sombra. Nunca me daba cuenta de su entrada a mi cerrado estudio sino por la música amada de su voz, dulce y queda, cuando colocaba su marmórea mano sobre uno de mis hombros. Ninguna doncella igualó jamás la hermosura de su semblante. Era la irradiación de un sueño de opio, una aérea y espiritual visión, más extraordinariamente divina que todas las fantasías que poblaban los ensueños de las hijas de Delos. Sin embargo, sus facciones no se definían en el molde corriente que se nos ha enseñado falsamente a admirar en las clásicas obras del paganismo. "No existe belleza exquisita," dice Bacon, Lord Verúlam, hablando con sinceridad de las diferentes formas y caracteres de belleza, "sin algo de extraordinario en sus proporciones." Así, aun cuando yo sabía que las facciones de Ligeia no eran de regularidad clásica; aun cuando podía percibir que su belleza era, en verdad, "exquisita," y sentía mucho de "extraordinario" en ella, he procurado en vano descubrir en qué consistía la irregularidad y determinar mi percepción de lo "extraordinario." Examinaba el contorno de la alta y pálida frente: era irreprochable; y ¡cuán fría me parece esta palabra aplicada a su divina majestad! ¡La piel rivalizando con el marfil más puro, la requerida amplitud y reposo, la encantadora prominencia cerca de las sienes; y luego, las trenzas color plumaje de cuervo, sedosas, abundantes y naturalmente rizadas, dignas del homérico epíteto de "jacintianas!" Miraba las delicadas líneas de la nariz; y sólo en los graciosos medallones hebreos he observado semejante perfección. Tenían la misma frescura de superficie, idéntica tendencia aquilina apenas perceptible, las mismas ventanillas de curva armoniosa que dicen de la elevación del espíritu. Contemplaba la dulce boca. Allí se fijaba, en verdad, el triunfo de todo lo divino: la soberbia curva del labio superior; la suave y voluptuosa indolencia del inferior; los hoyuelos que regocijaban y el color que hablaba; los dientes resplandeciendo detrás con brillantez casi asombrosa y reflejando rayos de luz inmaculada en su sonrisa serena y plácida, a la par que incomparablemente radiante y embriagadora entre todas las sonrisas. Observaba la forma de la barba; y encontraba también aquí la suave amplitud, la dulzura y majestad, la redondez y espiritualidad de los griegos; y el contorno que el dios Apolo reveló sólo en sueños a Cleomenes, el hijo del ateniense. Y en seguida penetraba en los grandes ojos de Ligeia.

No había modelos de ojos en la remota antigüedad. Puede ser también que en aquellos ojos de mi amada residiera el secreto a que alude Lord Verúlam. Eran, según creo, mucho más grandes que los ojos ordinarios de nuestra raza. Eran también más redondos que los más redondos entre los ojos de gacela de la tribu de Nourjahad. Sin embargo, sólo a intervalos, en momentos de intensa excitación, se notaba esta peculiaridad en Ligeia. Y en aquellos momentos su belleza aparecía (quizá únicamente en mi exaltada fantasía), como la hermosura de seres ultraterrenales, como la hermosura fabulosa de las huríes de los turcos. Sus pupilas eran del negro más luciente, y lejos, en contorno, se rizaban las larguísimas pestañas de azabache. Las cejas, de dibujo ligeramente irregular, eran de igual color. Lo que encontraba yo de "extraordinario" en los ojos de Ligeia consistía, sin embargo, en algo de naturaleza diferente de la forma, el color o la brillantez; algo que, después de todo, me veo obligado a referir a la *expresión*. ¡Ah, palabras sin significado, tras de cuya vasta amplitud de sonido atrincheramos nuestra ignorancia de lo espiritual! ¡La expresión de los ojos de Ligeia! ¡Cuánto he meditado acerca de esto durante horas enteras! ¡Cuánto he luchado por evocarla en el transcurso de toda una noche de verano! ¿Qué era aquello, aquello más profundo que el manantial de Demócrito, aquello que había lejos, muy lejos dentro de las pupilas de mi adorada? ¿Qué era *aquello?* Estaba poseído de la pasión de escudriñarlo. ¡Aquellos ojos! ¡aquellos orbes inmensos, brillantes, divinos! Llegaron a convertirse para mí en las estrellas gemelas de Leda, y yo para ellas en el más apasionado de los astrólogos.

No hay sensación más irritante entre las mil anomalías de la mente que el hecho, a que jamás se ha prestado atención en los colegios, según creo, de que en el esfuerzo para rememorar cualquiera cosa olvidada por largo tiempo, llegamos a menudo hasta el *borde mismo* de la reminiscencia, sin poder al cabo traer a la memoria lo que deseamos. Así, ¡cuan frecuentemente durante el curso de un intenso escrutinio de los ojos de Ligeia, sentía que me aproximaba al conocimiento pleno de su expresión, lo sentía cerca, pero no en mi poder aún, y al fin volvía a escaparse por completo! Y (¡oh, extrañeza! ¡oh, misterio entre todos!) encontraba en los objetos más comunes del universo un círculo de analogías con esta expresión. Quiero decir que en el período subsecuente a la toma de posesión de mi espíritu por la hermosura de Ligeia, que reinaba allí como en un trono, experimentaba al contacto de muchas existencias del mundo material un sentimiento semejante al que me producían siempre sus inmensas y luminosas pupilas. No me es posible, sin embargo, definir ni analizar este sentimiento, ni siquiera observarlo con claridad. Reconocía su expresión algunas veces, permitid que lo repita, en el rápido desarrollo de una vid, en la contemplación de una falena, una mariposa, una crisálida, un arroyo de agua corriente. La he sentido en el océano, en la caída de un meteoro. La he encontrado en la mirada de personas de mucha edad. Y hay en los cielos una o dos estrellas, una especialmente, de sexta magnitud, doble y cambiante, que se encuentra cerca de la estrella mayor de Lira, en la cual, en medio de un examen telescópico, me di cuenta también de este sentimiento. Me he sentido lleno de su fuerza al escuchar ciertos sones de instrumentos de cuerda, y muchas veces leyendo determinados pasajes de algunos libros. Recuerdo muy bien un trozo de una obra de Jóseph Glánvill que, quizá simplemente en razón de su originalidad (¿quién podría decirlo?), nunca dejaba de inspirarme el mismo sentimiento. «La voluntad está allí yacente, mas no muerta. ¿Quién conoce los misterios de la voluntad en todo su poder? Porque Dios es solamente una inmensa voluntad dominando todas las cosas por virtud de su intensidad. El hombre no es vencido por los ángeles, ni siquiera por la muerte completamente, sino en razón de la flaqueza de su frágil voluntad.

Un lapso de varios años y la reflexión consiguiente me han permitido trazar una remota relación entre este pasaje del moralista inglés y una faz del carácter de Ligeia.

Cierta *intensidad* de pensamiento, acción o palabras era quizá en ella el resultado, o el indicio por lo menos, de aquella enorme fuerza de voluntad que durante nuestras largas relaciones no encontró oportunidad de demostrar su existencia de manera más palpable. Entre todas las mujeres que he conocido, ella, la exteriormente tranquila, la siempre plácida Ligeia, era presa con mayor violencia de los buitres tumultuosos de la pasión devoradora. Y sólo podía yo formarme idea del alcance de aquella pasión por la milagrosa dilatación de sus ojos que a la vez me deleitaba y amedrentaba; por la mágica melodía, modulación, claridad y dulzura de su voz, muy queda; y por la apasionada energía de las ardientes palabras que pronunciaba, doblemente conmovedoras por el contraste con su manera de proferirlas.

He hablado de los conocimientos de Ligeia: eran inmensos, como jamás pudiera imaginarlos en ninguna mujer. Era profundamente instruida en los idiomas clásicos, y nunca la sorprendí en falta en los modernos lenguajes de Europa, hasta donde mis conocimientos alcanzaban. A decir verdad, ¿se equivocó alguna vez Ligeia aun en los temas más admirados, por cuanto más abstrusos, de la jactanciosa erudición académica? ¡Cuan maravillosa, cuan extraordinariamente se ha definido para mi este lado de su naturaleza, tan sólo en los últimos tiempos! Decía que su saber era tan vasto como jamás pude suponerlo en una mujer; mas ¿dónde existe el hombre que, como ella, haya atravesado triunfalmente los vastos dominios de la ciencia moral, de la física y de las matemáticas? Yo no comprendía entonces lo que ahora percibo con toda claridad: que los conocimientos de Ligeia eran gigantescos, asombrosos; sin embargo, sabía bastante de su supremacía moral para renunciar a mi propio criterio con infantil confianza y dejarme guiar por ella en el caótico mundo de las investigaciones metafísicas en que me ocupaba con gran interés durante los primeros años de nuestro matrimonio. ¡Con qué inmenso triunfo, con qué vivido deleite, con cuánto de todo aquello que es etéreo en la esperanza, sentía, al inclinarse ella sobre mí en los estudios, sin buscarla ni comprenderla, aquella deliciosa mirada dilatándose por grados ante mis ojos; y a través de cuyo largo, radiante y virgen sendero podría al fin alcanzar la meta de una sabiduría demasiado adorablemente preciosa para no estar vedada a los mortales!

¡Imaginad ahora cuán agudo sería el pesar con que contemplé años más tarde como brotaron alas a mis justas esperanzas, y volaron con ella a la inmensidad! Sin Ligeia, yo era como un niño extraviado tentando en la obscuridad. Su presencia, las lecturas que ella acometía sola, iluminaban vívidamente los innumerables misterios de la ciencia del trascendentalismo en que me hallaba sumergido. Faltándome la lumbre radiante de sus ojos, los caracteres antes brillantes y dorados se volvían más opacos que el plomo saturnino. Y aquellos ojos brillaban cada vez menos y con menor frecuencia sobre las páginas que yo leía. Ligeia estaba enferma. Los extraños ojos refulgían con resplandor demasiado glorioso; los pálidos dedos adquirían los tonos de transparente cera de la tumba; y las azules venas de su elevada frente se hinchaban y bajaban impetuosamente a impulsos de la más ligera emoción. Veía que la muerte se acercaba, y luché desesperadamente con el inflexible Azrael. Y, con gran estupor de mi parte, noté que la lucha de mi apasionada esposa era aún más enérgica que la mía. Muchos rasgos de su altivo carácter me habían dejado la impresión de que la muerte no aportaría para ella sus habituales terrores; pero no era así. Las palabras son impotentes para dar idea exacta de la fortaleza y tesón con que contendió a brazo partido con las Sombras. Yo gemía de angustia al contemplar este espectáculo. Hubiera querido suavizar su fin, hubiera querido razonar; pero, en la intensidad de su ardiente anhelo de vivir, vivir, *solamente* vivir, ensayar cualquier solaz o razonamiento habría sido la locura más estupenda. Sin embargo, sólo en el último momento, entre las congojas convulsivas de su elevado espíritu, se conmovió la placidez exterior de su continente. Su voz hízose más y más débil, más y más velada; pero no quisiera recordar el extraño significado de aquellas palabras tan quedamente pronunciadas. Mi cerebro se extraviaba mientras escuchaba extasiado una melodía sobrenatural, hipótesis y aspiraciones que jamás conoció antes la humanidad.

No podía dudar de que Ligeia me amaba; y era fácil comprender que en un corazón como el suyo el amor debía reinar con pasión extraordinaria. Pero sólo en su muerte me impresionó plenamente la fuerza de su sentimiento. Oprimía mis manos durante largas horas y desplegaba ante mí los tesoros de su alma, que eran ya idolatría más que apasionada devoción. ¿Qué había hecho yo para merecer la bendición de tales confesiones? Y ¿qué había hecho para merecer el anatema de perder a mi adorada en la hora misma de recibirlas? No puedo soportar detenerme más tiempo en este tema. Séame permitido decir tan sólo que, en el abandono tan femenino de Ligeia en su amor, ¡ay de mí, tan poco merecido, tan liberalmente ofrendado! comprendí al fin la razón de su ardiente y salvaje anhelo por aquella vida que ahora se le escapaba con tanta rapidez. Esta violenta aspiración, este extraordinario deseo de vivir, solamente vivir, es lo que me encuentro incapaz de describir, no tengo frases suficientes para expresarlo. A las doce de la noche en que Ligeia desapareció, llamándome perentoriamente a su lado con la cabeza, me pidió que recitara ciertos versos compuestos por ella misma no hacía muchos días. Obedecí. Los versos eran como sigue:

¡He aquí finalmente una noche de gala,
después de los recientes años desolados!
Un tropel de ángeles, envueltos en velos,
ahogados en llanto,
acude al teatro,
para ver un drama de esperanza y miedo,
mientras suspira la orquesta
la música infinita del espacio.
. . . .

Bufones en lo alto con disfraz de dioses
gruñen y murmuran agitándose
en continuo y veloz revoloteo.
Son sólo títeres movidos
por seres poderosos e informes
que cambian a su antojo el escenario
y hacen brotar al golpe de sus alas de cóndor
¡Invisible Dolor!
. . . .

¡Oh, el drama abigarrado!
¡Estad seguros de que no lo olvidaréis!
Con su Fantasma siempre perseguido
por una muchedumbre que jamás lo alcanza,
siguiendo el mismo eterno círculo
que conduce al punto de partida;
un drama de Locuras y Maldades
y que tiene al Horror por desenlace.
. . . .

Pero ¡ved! ¡Entre la algazara de los cómicos,
y desde los desiertos bastidores,
aparece arrastrándose una forma
color rojo de sangre!
La forma se retuerce,
se retuerce devorando a los bufones
que padecen angustias espantosas;
y los querubes lloran
ante el monstruo que se goza en sangre humana.

. . . .

Apáguense las luces.
El drama ha concluido.
Sobre las temblorosas formas de la escena,
con rapidez igual que una borrasca,
cae el telón: un paño funerario.
Y los espíritus tristes y dolientes,
al levantar el vuelo,
recuerdan que aquel drama trágico es "El Hombre,"
y su héroe se llama
Gusano, el Vencedor.

«¡Oh, Dios mío!" sollozó a medias Ligeia, alzándose y levantando los brazos a lo alto con movimiento espasmódico, al terminar yo estas líneas. "¡Oh, Dios! ¡Oh, Padre divino! ¿Deberán estas cosas suceder así? ¿Nunca ha de ser vencido este vencedor? ¿No somos carne y hueso de Ti mismo? ¿Quién, quién conoce los misterios de la voluntad en todo su poder? El hombre no es vencido por los ángeles, ni siquiera por la muerte completamente, sino en razón de la flaqueza de su frágil voluntad.»

Entonces, exhausta por la emoción, dejó caer los blancos brazos, y se dirigió solemnemente hacia su lecho de muerte. Y cuando lanzaba sus últimos suspiros brotó, mezclado con ellos, un murmullo de sus labios. Inclinando mis oídos hasta su boca, distinguí nuevamente las palabras finales del pasaje de Glánvill. "El hombre no es vencido por los ángeles, ni siquiera por la muerte completamente, sino en razón de la flaqueza de su frágil voluntad."

Murió; y yo, deshecho hasta el polvo por el pesar, no pude soportar más tiempo el desolado aislamiento de mi morada en la triste y decadente ciudad de los alrededores del Rhin. No carecía de lo que el mundo denomina riquezas. Ligeia me había traído más, mucho más, de lo que representa el ordinario lote de los mortales. Por consiguiente, después de algunos meses de viajes fatigosos y sin objeto, compré e hice reparar una abadía, que no nombraré, en uno de los más agrestes y menos frecuentados parajes de la bella Inglaterra. El tétrico y fantástico tamaño del edificio, el aspecto casi salvaje del dominio, los numerosos recuerdos melancólicos y de antiguo venerados que se relacionaban con la posesión tenían mucho de común con el sentimiento de amargo abandono que me llevaba a esta remota e insociable comarca del reino. Sin embargo, aun cuando el exterior de la abadía, con su marchito verdor colgando por todas partes, sufrió pequeña alteración, me complací, con una especie de perversidad infantil, y tal vez con la débil esperanza de aliviar mis pesares, en desplegar en el interior una magnificencia casi regia. Tenía desde la infancia una afición especial a esta clase de locuras, la que volvió a mí como una extravagancia provocada por el dolor. ¡Ay de mí! ¡Comprendo ahora cuánto había de incipiente insania en el derroche de aquellas exquisitas y fantásticas draperías, en las solemnes esculturas egipcias, en la original mueblería y cornisas, en los recamados bizanos diseños de los tapices de oro! Había llegado a esclavizarme por completo en los lazos del opio, y mis obras y mis órdenes tomaban el colorido de mis sueños. Mas no debo detenerme a detallar tales absurdos. Permitidme solamente hablar de la cámara por siempre maldita a la que, en un momento de alienación mental, llevé desde el altar como mi esposa, como la sucesora de la inolvidable Ligeia, a la rubia, de ojos azules, Lady Rowena Trevanion, de Tremaine.

No existe la más pequeña parte de la arquitectura y decoración de aquella cámara que no esté ahora visible ante mis ojos. ¿Dónde estaban las almas de los altivos antepasados de la familia de mi novia, cuando por su ansia de oro permitieron atravesar el umbral de una habitación, decorada en *tal* manera, a una doncella, su hija muy amada? He dicho que recuerdo minuciosamente los detalles de aquella cámara (aunque olvido en forma deplorable los asuntos de mayor entidad), a pesar de que no había estilo especial ni conexión alguna en su caprichoso arreglo, que pudiera contribuir a que se conserve en la memoria. La habitación, situada en una alta torrecilla del castillo de la abadía, era de forma pentagonal y de gran tamaño. Ocupando todo el frente sur del pentágono, había una ventana única, una lámina inmensa de cristal pulido de Venecia, un solo trozo de vidrio plomizo, de manera que los rayos del sol o de la luna, al atravesarla, arrojaban un resplandor fantástico sobre los objetos del interior. En la parte superior de esta enorme ventana extendía su tejido una antigua vid que colgaba de los macizos muros del torreón. El techo, de tétrico roble, era excesivamente alto, abovedado y primorosamente esculpido con los tipos más extravagantes y grotescos de un estilo mitad gótico, mitad druídico. Del dibujo central de esta sombría cúpula pendía, de una cadena de oro de largos eslabones, un inmenso incensario del mismo metal, de modelo sarraceno, y con muchas perforaciones combinadas en tal forma que oscilaba dentro y fuera de ellas, como dotada de serpentina vitalidad, una continua sucesión de fuegos de colores.

Divanes orientales y candelabros dorados se veían por varios lados; y había también un lecho, el lecho nupcial, de sólido ébano esculpido, ejemplar indio, muy bajo, y con un dosel semejando una urna funeraria. En cada uno de los ángulos del cuarto se levantaba un gigantesco sarcófago de negro granito, extraído de las tumbas de los reyes frente a Lúxor, y con su antigua cubierta exornada de esculturas de tiempo inmemorial. Pero en la tapicería de la cámara, sobre todo, se mostraba, ¡ay de mí! la fantasía capital de todo aquello. Los elevados muros, de altura gigantesca y casi desproporcionada, estaban revestidos de arriba abajo en amplios pliegues de, una tapicería pesada y casi sólida, del mismo tejido que descollaba como alfombra en el pavimento, como cubierta en los divanes y en el lecho de ébano, como drapería en el dosel y como magníficas volutas en las cortinas que cubrían parcialmente la ventana. El tejido era de la más rica tela de oro. Estaba salpicado por todas partes, a intervalos irregulares, de arabescos de un pie de diámetro, laborados sobre la tela en dibujos del más puro negro de azabache. Pero aquellas figuras ostentaban su verdadero estilo arabesco solamente cuando se las contemplaba desde cierta línea visual. Por una disposición bastante generalizada ahora, pero que se remonta a un período de gran antigüedad, se las había dotado de aspecto cambiante. Para el que entraba en la habitación tenían simplemente la apariencia de monstruosidades; pero, al avanzar un poco más, su forma cambiaba gradualmente; y paso a paso, al dar la vuelta en la cámara, se veía rodeado el visitante de una sucesión interminable de los horrendos fantasmas que pueblan las supersticiones normandas, o que toman cuerpo en los ensueños infernales de los monjes. El efecto fantástico se acrecentaba con la introducción de una corriente de aire artificial detrás de las draperías, que prestaba al conjunto lúgubre e inquietadora animación.

En salones semejantes, en cámara nupcial como la que acabo de describir, pasé con la castellana de Tremaine las impías horas del primer mes de matrimonio, horas que transcurrieron sin mayores perturbaciones. No pude dejar de apercibirme, sin embargo, de que mi mujer temía los fieros impulsos de mi carácter, que me amaba poco, y trataba de esquivarme; pero esto me produjo más bien placer que cualquier otro sentimiento. La detestaba con odio demoniaco más que humano. Mi memoria retrocedía (¡oh! ¡con cuánta intensidad de pesar!) a Ligeia, la bien amada, la augusta, la bella, la desaparecida.

Gozaba con las reminiscencias de su pureza, su erudición, su elevación de espíritu, su naturaleza etérea, su apasionado e idolátrico amor. Y entonces ardía mi espíritu plena y libremente con fuego mayor aún que el que a ella la consumía. En la exaltación de mis sueños de opio (porque habitualmente estaba sumido en los efectos de esta substancia), la llamaba en voz alta por su nombre en el silencio de la noche, o en los lugares más recónditos del valle durante el día, como si por medio de mi salvaje anhelo, de la pasión solemne, del ardor nostálgico que me consumía por la muerta, pudiera yo volverla a la senda que había abandonado sobre la tierra. (¡Ah! ¿era posible que *esto* fuera para siempre?) Al iniciarse el segundo mes de matrimonio, Lady Rowena se sintió atacada de repentino malestar, del cual se recobraba con lentitud. La fiebre que la consumía hacía sus noches intranquilas; y en su inconsciente estado de media vigilia, hablaba de ruidos, de movimientos dentro y alrededor de la cámara de la torrecilla; lo cual deduje yo que no tenía otro origen que el desarreglo de su mente o quizá la influencia fantasmagórica de la misma habitación. Al fin entró en convalescencia; luego se restableció por completo. Pero, apenas hubo transcurrido un breve período, un nuevo acceso, más violento que el primero, la arrojó de nuevo en el lecho del dolor; y de este segundo ataque nunca llegó a recobrarse su constitución, débil en todo tiempo. Su enfermedad asumió desde entonces caracteres alarmantes y la más severa persistencia, desafiando la ciencia y los desvelos de los médicos.

Con la exacerbación del malestar crónico que la aquejaba, y que aparentemente había dominado su naturaleza hasta el punto de que era imposible combatirlo con medios humanos, observé también una exacerbación análoga en la irritación nerviosa de su temperamento, y en su excitabilidad por causas triviales de temor. Habló de nuevo, ahora más a menudo y con mayor insistencia, de ruidos, ligeros ruidos, y del movimiento inusitado de las draperías, a que había aludido anteriormente.

Una noche, a fines de septiembre, propuso a mi atención este angustioso tema con más énfasis aún de lo acostumbrado. Acababa de despertar de un sueño agitado, durante el cual estuve espiando, con sentimiento mezcla de ansiedad y de temor, los efectos que se retrataban en su adelgazado semblante. Me senté al lado del lecho de ébano, sobre uno de los divanes de la India. Ella se enderezó a medias y habló, en ardiente murmullo, de los sonidos que en aquel mismo instante *oía*, pero que yo no podía escuchar, de los movimientos que ella *veía*, pero que yo no podía percibir. El aire soplaba fuertemente detrás de las draperías y quise demostrarle algo que, dejadme confesarlo, yo mismo no creía por completo: que aquellos suspiros inarticulados y aquellas suaves variaciones de las figuras sobre el muro no eran sino los efectos naturales y ordinarios de las ráfagas de aire. Pero una palidez mortal, extendiéndose sobre su rostro, vino a probarme que eran infructuosos mis esfuerzos para tranquilizarla. Parecía que estaba a punto de desfallecer, y no había criados al alcance de la voz. Recordé el sitio donde se había depositado un ánfora de vino ligero ordenado por los médicos, y me apresuré a atravesar el aposento para procurárselo. Pero, al detenerme debajo de la luz del incensario, dos circunstancias de naturaleza sorprendente atrajeron mi atención. Sentí que algún objeto palpable aunque invisible había pasado ligeramente cerca de mí; y observé sobre la dorada alfombra, en el centro precisamente del resplandor suntuoso del incensario, una sombra, sombra débil, vaga, angelical, algo semejante a lo que podría definirse como la sombra de una sombra. Pero yo estaba aturdido con los efectos de una dosis exagerada de opio y no me preocupé de estas cosas, ni hablé de ellas a Rowena. Habiendo encontrado el vino, crucé de nuevo la habitación, llené una copa y la aproximé a los labios de la desfalleciente señora. Habíase recobrado un tanto, sin embargo, y cogió ella misma el vaso, mientras yo me hundía en un diván cercano con los ojos fijos en su semblante. En este momento oí distintamente un paso ligero sobre la alfombra y cerca del lecho; y un segundo después, en el acto en que Rowena levantaba la copa hasta sus labios, vi (o quizá soñé que veía), vi caer dentro del recipiente, como de algún surtidor invisible en la atmósfera del cuarto, tres o cuatro grandes gotas de un líquido brillante color de rubí. Si yo vi esto, no lo vio Rowena. Bebió el vino sin vacilar, y yo me abstuve de hablarle de este incidente que, bien considerado, debe haber sido únicamente el resultado de una exaltada fantasía, en mórbida actividad por el terror de la dama, por el opio y por la hora. Pero no pudo escapar a su propia percepción el hecho de que, inmediatamente después de la absorción de las gotas color de rubí, sufrió un rápido acrecentamiento el malestar de mi mujer; a tal punto que, tres noches más tarde, las manos de sus camareras la preparaban para la tumba; y a la cuarta, me encontré solo con su amortajado cadáver, sentado en aquella cámara fantástica que la recibió como mi esposa. Extravagantes visiones, engendradas por el opio, revoloteaban como sombras a mi alrededor. Las miraba con ojos inquietos posarse sobre los sarcófagos en los ángulos de la habitación, sobre las cambiantes figuras de la tapicería y entre el serpenteo de los fuegos diversamente coloreados en el incensario que pendía en el centro de la habitación. Mis miradas se dirigieron entonces, recordando los incidentes de una de las noches anteriores, al espacio debajo de los rayos del incensario, donde había percibido el débil reflejo de una sombra. No estaba allí ahora, sin embargo; y, respirando con más libertad, tomé mis ojos hacia la rígida y pálida figura que yacía sobre el lecho. Entonces se apoderaron de mi mente millares de remembranzas de Ligeia, y sentí en el alma, con la violencia tumultuosa de una inundación, todo el agudo e intolerable dolor con que la había visto a *ella* así amortajada. La noche transcurría; y en tanto yo continuaba mirando el cuerpo de Rowena con el pecho lleno de amargos pensamientos por la única y supremamente bien amada.

Sería la media noche, o más temprano quizá, o quizá más tarde, porque no me había dado cuenta del tiempo transcurrido, cuando un suspiro suave y apagado, pero muy distinto, me sorprendió en medio de mi ensueño. *Sentí* que venía del lecho de ébano, del lecho mortuorio. Escuché en una agonía de supersticioso terror; mas no hubo repetición del sonido. Esforcé mi visión tratando de descubrir cualquiera moción del cuerpo, pero no se percibía ni la más ligera. Sin embargo, no podía engañarme. *Había oído* el rumor, aunque débil, y mi alma se había despertado dentro de mí. Deliberada y persistentemente conservé mi atención fija sobre el cadáver. Muchos minutos transcurrieron, sin embargo, antes de que se presentara ninguna circunstancia que pudiese arrojar luz sobre el misterio. Hízose al fin evidente que un ligerísimo, muy débil, matiz de colorido subía a las mejillas y a lo largo de las pequeñas venas hundidas de los párpados. Dominado por una especie de horror o pavor inexplicable, para expresar enérgicamente el cual no existen palabras suficientes en el lenguaje humano, sentí que mi corazón cesaba de latir y que mis miembros se volvían rígidos sobre el asiento. Pero el sentimiento del deber contribuyó al fin a devolverme mi presencia de ánimo. No podía dudar por más tiempo de que nos habíamos precipitado en los preparativos, que Lady Rowena vivía todavía. Era necesario procurar una reacción inmediata; pero la torrecilla estaba lejos de la parte de la abadía habitada por los criados, y nadie se encontraba al alcance de la voz. No había forma de llamarlos sin abandonar la habitación por algunos minutos, y no podía aventurarme a proceder así. De consiguiente, luché solo en mis esfuerzos para atraer el espíritu todavía en suspenso. Tras corto tiempo, sin embargo, pudo notarse que se presentaba una recidiva: desapareció el color de las mejillas y párpados dejando una palidez mayor aún que la del mármol; los labios se recogieron y fruncieron nuevamente en la expresión lúgubre de la muerte; una repulsiva y viscosa frialdad se extendió con rapidez en toda la superficie del cuerpo; y sobrevino casi instantáneamente la acostumbrada e inflexible rigidez mortal. Me dejé caer estremeciéndome en el diván del cual me había lanzado tan súbitamente, y me entregué de nuevo a la apasionada vigilia de los recuerdos de Ligeia.

Una hora transcurrió de esta manera cuando (¿sería posible?) oí por segunda vez un vago rumor que partía del lado del lecho. Escuché con horror extremado. El sonido se dejó oír de nuevo: era un suspiro. Me precipité sobre el cuerpo, y vi, vi distintamente un temblor de los labios. Un minuto después se fueron descubriendo una hilera de perlados dientes. La admiración luchaba ahora en mi pecho con el terror que antes reinaba como soberano. Sentí que mi vista se obscurecía, que la razón se me escapaba; y debido sólo a un violento esfuerzo pude al fin reconquistar el dominio de mis nervios para emprender la tarea que el deber me señalaba. Se mostraba ahora una especie de brillo parcial sobre la frente, las mejillas y la garganta; un calor perceptible se apoderaba del cuerpo; y se dejaba sentir así mismo un ligero latido del corazón. La dama vivía; y con ardor redoblado me dediqué a la labor de resucitarla. Golpeé y humedecí sus sienes y sus manos, e hice uso de todos los medios que la experiencia y mis frecuentes lecturas sobre medicina pudieron sugerirme. Pero en vano. Súbitamente el color se desvaneció; cesaron las pulsaciones; reasumieron los labios la expresión de la muerte; y un instante después el cuerpo tomó la helada viscosidad, el color lívido, la rigidez intensa, la depresión de las líneas y todas las horrendas peculiaridades del que hubiera sido durante varios días un huésped de la tumba.

Y de nuevo me sumergí en las visiones de Ligeia; y otra vez (¿qué puede maravillar el que tiemble mientras escribo?), *otra vez* llegó a mis oídos un suspiro desde el lecho de ébano. Mas ¿por qué detallar minuciosamente los horrores indecibles de aquella noche? ¿Por qué detenerme a relatar cómo, una y otra vez, casi hasta el amanecer, se repitió este horrendo drama de la vuelta a la vida; cómo cada terrorífica recidiva era aparentemente seguida por una muerte más inflexible e irremediable; cómo cada agonía llevaba, al parecer, el sello de una lucha con algún enemigo invisible; y cómo cada lucha era seguida de un extraño cambio en la apariencia personal del cadáver! Dejadme llegar a la conclusión.

La mayor parte de esta horrible noche había transcurrido en esta forma, y la que había estado muerta revivió una vez más, ahora con mayor fuerza que nunca, aunque se levantaba de disolución más pavorosa que todas las anteriores en su desesperanza al parecer irremediable.

Yo había cesado hacía tiempo de moverme y de luchar y continuaba rígidamente sentado en el diván, presa desamparada de un torbellino de violentas emociones, de las cuales el extremado pavor era quizá la menos terrible, la menos devastadora. El cadáver, repito se conmovió de nuevo y más vigorosamente que antes. Los matices de la vida brotaron con insólita energía en el semblante; los miembros se suavizaron; y, salvo que los párpados continuaban apretadamente unidos y que los vendajes y draperías funerarias prestaban todavía su sello de ultratumba a la figura, podía soñar que Rowena había escapado positivamente de las garras de la muerte. Pero si aún no hubiese admitido tal idea, era imposible dudarlo más largo tiempo al ver que, levantándose del lecho, vacilante, con débiles pasos, los ojos cerrados, y semejante a una persona en un acceso de somnambulismo, aquella cosa amortajada avanzó intrépida y palpablemente hasta el centro de la habitación.

No temblé; no me moví; porque una multitud de fantasías inenarrables relacionadas con el aire, la estatura, el continente de la figura, se apoderó en tropel de mi cerebro, paralizándome y convirtiéndome en piedra. No me moví; pero contemplé la aparición. Había un desorden insensato en mis pensamientos, un tumulto imposible de aplacar. ¿Podía ser, en verdad, la *viviente* Rowena quien se encontraba frente a mí? ¿Podía *absolutamente*, ser Rowena, la rubia, de ojos azules, Lady Rowena Trevanion, de Tremaine? ¿Por qué, *por qué* lo había de dudar? El vendaje estaba apretadamente colocado cerca de la boca; pero ¿podía aquella no ser la boca de la viva castellana de Tremaine?

¿Y las mejillas? Había rosas como en la plenitud de la vida; sí, en rigor, éstas podían ser las lindas mejillas de la señora de Tremaine vuelta a la vida. ¿Y la barba, con sus hoyuelos, como en plena salud, ¿podía no ser suya? Pero entonces, *¿habíase vuelto más alta después de su enfermedad?*

¡Qué locura tan imposible de expresar se apoderaba de mí con estos pensamientos! ¡Un salto, y me arrojé a sus pies! Estremeciéndose a mi contacto, sacudió ella su cabeza, aflojó la tiesa mortaja en que estaba envuelta, y entonces se desbordó por el aire agitado de la estancia una masa enorme de largos y despeinados cabellos; ¡eran más negros que las alas del cuervo de medianoche! Y entonces, la figura que se alzaba ante mi abrió lentamente los ojos.

-¡Por fin los veo! -grité con fuerza-. ¿Cómo podía yo nunca haberme equivocado? ¡Estos son los grandes, los negros, los ardientes ojos, de mi amor perdido, de lady, de Lady Ligeia!

El corazón delator

(1843)

¡Es verdad! Siempre he sido nervioso, muy nervioso, terriblemente nervioso. Pero ¿por qué dicen ustedes que estoy loco? La enfermedad solo agudizó mis sentidos en lugar de destrozarlos o adormecerlos. Y mi sentido del oído era el más desarrollado de todos. Podía escuchar todo lo que se puede escuchar en la tierra y en el cielo. Muchas cosas también las oía en el infierno. Entonces, ¿cómo podría estar loco? Escuchen... y vean con cuánta lucidez, con cuánta tranquilidad les cuento mi historia.

No puedo decir cómo surgió esta idea en mi mente por primera vez; pero una vez que la tuve, me persiguió día y noche. No tenía ningún propósito en mente. Tampoco estaba enojado. Quería mucho al anciano. Nunca me había hecho daño. Nunca me insultó. Su dinero no me interesaba. Creo que fue su ojo... ¡Sí, eso fue! Tenía un ojo parecido al de un buitre... Un ojo celeste cubierto por una tela.

Cada vez que ese ojo se clavaba en mí, se me helaba la sangre. Y así, gradualmente y poco a poco, decidí matar al anciano y deshacerme de ese ojo para siempre

Presten atención ahora. Ustedes me consideran loco. Pero los locos no saben nada. Sin embargo... ¡Si tan solo pudieran haberme visto! ¡Con qué habilidad procedí! ¡Con qué cuidado... con qué previsión... disimuladamente comencé mi obra! Nunca fui más amable con el viejo que la semana antes de matarlo. Todas las noches, alrededor de las doce, giraba el picaporte de su puerta y la abría... ¡oh, tan suavemente! Y cuando la abertura era lo suficientemente grande para pasar mi cabeza, levantaba una linterna cerrada y oscura para que nadie pudiera ver la luz detrás de ella, e introducía mi cabeza lentamente... muy, muy lentamente para no perturbar el sueño del viejo. Me tomaba una hora entera para meter completamente mi cabeza dentro del cuarto y verlo tendido en su cama.

¿Acaso un loco sería tan cauto como yo? Y entonces, cuando mi cabeza estaba dentro del cuarto, abría la linterna poco a poco... ¡oh, tan sigilosamente! Con mucho cuidado para que no crujieran las bisagras, dejando entrar solo un rayo de luz que cayera directamente sobre el ojo del anciano. Y así lo hice durante siete largas noches... cada noche a las doce... pero siempre encontraba su ojo cerrado, y por eso no podía llevar a cabo mi plan; porque no era él quien me irritaba, sino su malvado ojo. Y por la mañana, al comenzar el día, entraba sin temor a su habitación y le hablaba amablemente, llamándolo por su nombre y preguntándole cómo había pasado la noche. Vean ustedes, él tendría que haber sido un anciano muy astuto para sospechar que todas las noches, a las doce en punto, yo lo espiaba mientras dormía.

Cuando llegó la octava noche, procedí con más cautela de lo usual al abrir la puerta. Mi mano se movía tan lenta como el minutero de un reloj. Nunca antes había sentido tan agudamente mis habilidades y astucia. Apenas podía contener mi sensación de triunfo. ¡Pensar que estaba justo allí, abriendo sigilosamente la puerta y él ni siquiera sospechaba de mis secretas intenciones o pensamientos! Reí entre dientes ante esta idea, y tal vez me oyó, porque se movió repentinamente en la cama como si se hubiera sobresaltado. Ustedes pensarían que retrocedí... pero no lo hice. Su habitación estaba completamente oscura pues el viejo siempre cerraba bien las persianas por miedo a los ladrones; sabía que no podría ver la abertura de la puerta, así que seguí empujando suavemente... muy, muy suavemente.

Había ya pasado la cabeza y me disponía a abrir la linterna, cuando mi pulgar resbaló en el cierre metálico y el viejo se enderezó en el lecho, gritando:

—¿Quién está ahí?

Permanecí inmóvil, sin decir palabra. Durante una hora entera no moví un solo músculo, y en todo ese tiempo no oí que volviera a tenderse en la cama. Seguía sentado, escuchando... tal como yo lo había hecho, noche tras noche, mientras escuchaba en la pared los taladros cuyo sonido anuncia la muerte.

Oí de pronto un leve quejido, y supe que era el quejido que nace del terror. No expresaba dolor o pena... ¡oh, no! Era el ahogado sonido que brota del fondo del alma cuando el espanto la sobrecoge. Bien conocía yo ese sonido. Muchas noches, justamente a las doce, cuando el mundo entero dormía, surgió de mi pecho, ahondando con su espantoso eco los terrores que me enloquecían. Repito que lo conocía bien.

Comprendí lo que estaba sintiendo el viejo y le tuve lástima, aunque me reía en el fondo de mi corazón.

Comprendí que había estado despierto desde el primer leve ruido, cuando se movió en la cama. Había tratado de decirse que aquel ruido no era nada, pero sin conseguirlo. Pensaba: "No es más que el viento en la chimenea… o un grillo que chirrió una sola vez". Sí, había tratado de darse ánimo con esas suposiciones, pero todo era en vano. Todo era en vano, porque la Muerte se había aproximado a él, deslizándose furtiva, y envolvía a su víctima. Y la fúnebre influencia de aquella sombra imperceptible era la que lo movía a sentir –aunque no podía verla ni oírla–, a sentir la presencia de mi cabeza dentro de la habitación.

Después de haber esperado largo tiempo, con toda paciencia, sin oír que volviera a acostarse, resolví abrir una pequeña, una pequeñísima ranura en la linterna.

Así lo hice –no pueden imaginarse ustedes con qué cuidado, con qué inmenso cuidado–, hasta que un fino rayo de luz, semejante al hilo de la araña, brotó de la ranura y cayó de lleno sobre el ojo de buitre.

Estaba abierto, abierto de par en par… y yo empecé a enfurecerme mientras lo miraba. Lo vi con toda claridad, de un azul apagado y con aquella horrible tela que me helaba hasta el tuétano. Pero no podía ver nada de la cara o del cuerpo del viejo, pues, como movido por un instinto, había orientado el haz de luz exactamente hacia el punto maldito.

¿Acaso no les he explicado que lo que ellos consideran locura es simplemente una sensibilidad extrema de los sentidos? En ese momento, llegó a mis oídos un sonido apagado y apresurado, similar al que haría un reloj envuelto en algodón. Ese sonido me resultaba familiar. Era el latido del corazón del anciano. Esto aumentó mi ira, como si fuera el repicar de un tambor incitando al valor en un soldado.

Pero aún así, me contuve y permanecí en silencio. Apenas respiraba. Sostenía la linterna firmemente para evitar movimientos, tratando de mantener la luz enfocada en el ojo. Mientras tanto, el infernal latido del corazón se hacía más fuerte. Cada vez más rápido, cada vez más fuerte, con cada momento que pasaba. El terror del anciano debía ser terrible. ¡Cada vez más fuerte, más fuerte! ¿Me están prestando atención? Les dije que soy nervioso. Y ahora, a medianoche, en el horrible silencio de esa antigua casa, ese sonido extraño me llenó de un horror incontrolable. Sin embargo, me contuve durante unos minutos más y permanecí inmóvil. Pero el latido seguía creciendo cada vez más fuerte, más fuerte. Me parecía incluso que su corazón iba a explotar. Y una nueva ansiedad se apoderó de mí... ¡Alguien podría escuchar ese sonido! ¡La hora del anciano había llegado! Grité y abrí completamente la linterna mientras entraba corriendo a la habitación. El anciano gritó una vez... solo una vez más.

En un segundo, logré empujarlo al suelo y ponerle encima el pesado colchón. Sonreí alegremente al ver lo fácil que había sido todo. Pero durante varios minutos, su corazón siguió latiendo con un sonido amortiguado. No me preocupé demasiado porque nadie podría escucharlo a través de las paredes. Y finalmente, cesó de latir. El anciano estaba muerto. Levanté el colchón y examiné el cuerpo. Sí, estaba completamente muerto. Puse mi mano sobre su pecho y la mantuve allí por un tiempo. No había ni siquiera un leve latido. El anciano estaba realmente muerto. Su ojo nunca volvería a molestarme.

Si aún piensan que estoy loco, dejarán de hacerlo cuando les cuente las astutas precauciones que tomé para esconder el cadáver. La noche avanzaba rápidamente mientras yo trabajaba en silencio pero con eficiencia. En primer lugar, descuarticé el cuerpo. Le corté la cabeza, los brazos y las piernas. Levanté luego tres planchas del piso de la habitación y escondí los restos en el hueco.

Volví a colocar los tablones con tanta habilidad que ningún ojo humano –ni siquiera el suyo– hubiera podido advertir la menor diferencia. No había nada que lavar... ninguna mancha... ningún rastro de sangre. Yo era demasiado precavido para eso. Una cuba había recogido todo... ¡ja, ja!

Cuando hube terminado mi tarea eran las cuatro de la madrugada, pero seguía tan oscuro como a medianoche. En momentos en que se oían las campanadas de la hora, golpearon a la puerta de la calle. Acudí a abrir con toda tranquilidad, pues ¿qué podía temer ahora?

Hallé a tres caballeros, que se presentaron muy civilmente como oficiales de policía. Durante la noche, un vecino había escuchado un alarido, por lo cual se sospechaba la posibilidad de algún atentado. Al recibir este informe en el puesto de policía, habían comisionado a los tres agentes para que registraran el lugar.

Sonreí, pues... ¿qué tenía que temer? Di la bienvenida

a los oficiales y les expliqué que yo había lanzado aquel grito durante una pesadilla.

Les hice saber que el viejo se había ausentado a la campaña. Llevé a los visitantes a recorrer la casa y los invité a que revisaran, a que revisaran bien. Finalmente, acabé conduciéndolos a la habitación del muerto. Les mostré sus caudales intactos y cómo cada cosa se hallaba en su lugar. En el entusiasmo de mis confidencias traje sillas a la habitación y pedí a los tres caballeros que descansaran allí de su fatiga, mientras yo mismo, con la audacia de mi perfecto triunfo, colocaba mi silla en el exacto punto bajo el cual reposaba el cadáver de mi víctima.

Los oficiales se mostraban satisfechos. Mis modales los habían convencido. Por mi parte, me sentía cómodo. Nos sentamos y discutimos de temas triviales mientras yo respondía con entusiasmo. Sin embargo, tras un tiempo, comencé a sentirme pálido y ansiaba que se fueran. Mi cabeza me dolía y parecía percibir un zumbido en los oídos; pero los policías seguían ahí, charlando

El zumbido se hizo más intenso; seguía resonando y era cada vez más intenso. Hablé en voz muy alta para librarme de esa sensación, pero continuaba lo mismo y se iba haciendo cada vez más clara... hasta que, al fin, me di cuenta de que aquel sonido no se producía dentro de mis oídos.

Sin duda, debí de ponerme muy pálido, pero seguí hablando con creciente soltura y levantando mucho la voz. Empero, el sonido aumentaba... ¿y que podía hacer yo? Era un resonar apagado y presuroso..., un sonido como el que podría hacer un reloj envuelto en algodón. Yo jadeaba, tratando de recobrar el aliento, y, sin embargo, los policías no habían oído nada. Hablé con mayor rapidez, con vehemencia, pero el sonido crecía continuamente. Me puse en pie y discutí sobre insignificancias en voz muy alta y con violentas gesticulaciones; pero el sonido crecía continuamente. ¿Por qué no se iban? Anduve de un lado a otro, a grandes pasos, como si las observaciones de aquellos hombres me enfurecieran; pero el sonido crecía continuamente. ¡Oh, Dios! ¿Qué podía hacer yo? Lancé espumarajos de rabia... maldije... juré... Balanceando la silla sobre la cual me había sentado, raspé con ella las tablas del piso, pero el sonido sobrepujaba todos los otros y crecía sin cesar. ¡Más alto... más alto... más alto! Y entretanto los hombres seguían charlando plácidamente y sonriendo. ¿Era posible que no oyeran? ¡Santo Dios! ¡No, no! ¡Claro que oían y que sospechaban! ¡Sabían... y se estaban burlando de mi horror! ¡Sí, así lo pensé y así lo pienso hoy! ¡Pero cualquier cosa era preferible a aquella agonía! ¡Cualquier cosa sería más tolerable que aquel escarnio! ¡No podía soportar más tiempo sus sonrisas hipócritas! ¡Sentí que tenía que gritar o morir, y entonces... otra vez... escuchen... más fuerte... más fuerte... más fuerte... más fuerte!

—¡Basta ya de fingir, malvados! —aullé—. ¡Confieso que lo maté! ¡Levanten esos tablones! ¡Ahí... ahí! ¡Donde está latiendo su horrible corazón!

EL HOMBRE DE LA MULTITUD

(1840)

Con razón se ha dicho de cierto libro alemán que es "lässt sich nicht lessen" (que no se deja leer). De igual modo existen algunos secretos que no se dejan descubrir. Hay hombres que mueren por la noche en sus camas, estrechando las manos de sus espectrales confesores y mirándolos con ojos lastimeros. Que mueren con la desesperación en el alma y opresiones en la garganta que no permiten ser descritas. A veces, la conciencia humana carga con un horror tan abrumador que solo puede ser enterrado con el cuerpo. De esta manera, muchas veces el verdadero alcance de los crímenes queda sin descubrir. No hace mucho tiempo, al declinar el día de una tarde otoñal, me encontraba yo sentado junto a la gran cristalera en rotonda del café D..., en Londres. Tras varios meses de enfermedad, finalmente me encontraba en convalecencia. Al recuperar fuerzas, experimentaba uno de esos raros estados de ánimo felices que son lo opuesto al tedio; momentos de gran lucidez, cuando la película que cubre nuestra visión mental desaparece y la mente se electrifica y supera su estado normal, como si la razón vivaz y la voz pura de Leibniz sobrepasaran a la insulsa retórica de las Geórgicas. Era un placer simplemente respirar, y hasta disfrutaba de fuentes iniciales de dolor. Me sentía tranquilo y con un profundo interés por todo. Con un cigarro entre los labios y un periódico sobre mis rodillas, había pasado gran parte de la tarde distrayéndome: leyendo anuncios, observando la variada concurrencia del establecimiento e incluso asomándome a la calle a través de las ventanas empañadas por el humo. Aquella era una de las principales arterias de la ciudad y durante todo el día rebosaba de vida.

A medida que la noche caía, la multitud aumentaba. Cuando las luces se encendieron, dos densas corrientes de transeúntes comenzaron a entrar y salir del hotel. Nunca había experimentado una situación como esa, por lo que el mar tumultuoso de cabezas humanas me provocaba una emoción completamente nueva. Dejé de prestar atención al interior del hotel para enfocarme en el exterior. Al principio, observaba a los transeúntes como grupo y pensaba en ellos como una unidad amalgamada por sus rasgos comunes. Pero pronto me interesé por los detalles y noté las innumerables variaciones en tipos, vestimenta, actitudes, apariencia y rostros.

La gran mayoría de los que pasaban tenían un aire ocupado y su única preocupación parecía ser abrirse camino entre la multitud. Fruncían el ceño y giraban rápidamente sus ojos en todas direcciones. Si eran empujados por otros transeúntes, no mostraban impaciencia sino que simplemente arreglaban su ropa y seguían caminando. Otros, también en gran número, parecían intranquilos: tenían el rostro enrojecido y hablaban solos con gestos exagerados, como si estuvieran aislados por la densidad de la multitud a su alrededor. Cuando se encontraban obstaculizados, dejaban de murmurar pero mantenían una sonrisa ausente e inexpresiva en los labios mientras esperaban a que los demás pasaran. Si eran empujados, se disculpaban con una inclinación ante aquellos que les habían empujado y parecían abrumados por la confusión. Estos dos grupos no tenían rasgos particularmente distintivos. Su vestimenta caía dentro de una categoría conocida como "decente". Probablemente eran familias respetables: comerciantes, abogados, empresarios, propietarios, aristócratas y miembros de la clase media, gente ocupada en sus negocios o empleos. Nada en ellos llamaba demasiado la atención

La tribu de los empleados era inconfundible, y yo en este punto distinguía dos grupos muy marcados. Por un lado, los jóvenes empleados de casas florecientes, jóvenes de chaquetas ajustadas, botines brillantes, cabello engomado y labios desdeñosos. Dejando aparte un cierto empaque que yo me atrevía a llamar de mesa de despacho, a falta de otra palabra, las maneras de esta clase de personas me parecían un exacto facsímil de las que se habían considerado como la perfección del buen tono cerca de doce o dieciocho meses antes. Usaban la gracia de desecho de la aristocracia, y ésta, pienso, puede ser la mejor definición de los mismos.

Los altos empleados de firmas sólidas resultaban inconfundibles. Se les conocía por sus chaquetas y pantalones blancos o marrones, diseñados para sentarse cómodamente, con corbatas negras y chalecos del mismo color, zapatos anchos y de sólida apariencia. Todos eran algo calvos y sus erguidas orejas, a causa de sostener los palilleros, habían adquirido el hábito de separarse en sus extremidades superiores. Me di cuenta de que al quitarse o ponerse el sombrero, siempre utilizaban las dos manos y que usaban relojes de cortas cadenas de oro de un modelo sólido y anticuado. Tenían la afectación de la respetabilidad, si es que realmente puede existir una afectación tan honorable.

Había muchos individuos de aspecto osado a quienes pronto reconocí como pertenecientes a la raza de los rateros elegantes que infestan todas las grandes ciudades. Vigilé con atención a esta calaña y me resultó difícil imaginar cómo podrían ser confundidos por caballeros por los mismos caballeros. Los puños de sus camisas, demasiado salientes, y sus aires de excesiva franqueza, habrían bastado para delatarlos.

Los tahúres, de los que identifiqué no pocos, eran todavía más fáciles de reconocer. Usaban gran variedad de trajes, desde el tramposo camorrista con chaleco de terciopelo, corbata de fantasía, cadena dorada y botones de filigrana, hasta el clérigo expulsado, tan parcamente vestido que nadie podía estar más alejado de sospechar de él. Todos, no obstante, se distinguían por cierto color moreno de su curtido cutis, por un apagamiento de los ojos y por la palidez de sus labios apretados. Además, había también otros dos rasgos, por los cuales yo siempre los distinguía: una tonalidad baja y cautelosa en la conversación y un pulgar excesivamente estirado, hasta formar ángulo recto con los demás dedos.

Muy a menudo, en compañía de aquellos pícaros, he observado otra clase de hombres algo diferentes en sus costumbres, pero, en definitiva, pájaros del mismo plumaje. Se les podría definir como caballeros que viven del cuerno. Parecen dividirse en dos batallones para devorar al público: el de los *dandys* y el de los falsos militares. En el primer grupo los rasgos característicos son: cabellos largos y sonrisas; en el segundo, levitas y ceños fruncidos.

Descendiendo en la escala de lo que se llama nobleza, encontré temas de meditación más oscuros y profundos. Vi traficantes judíos con ojos de halcón que brillaban en unas caras cuya única expresión era de abyecta humildad. Porfiados mendigos profesionales que apartaban a los pobres de mejor aspecto y a quienes sólo la desesperación les había lanzado en medio de la noche a implorar caridad. Inválidos débiles y depauperados a quienes la muerte había señalado con su mano y que se retorcían y se tambaleaban entre la muchedumbre, mirando suplicantes a todas partes como en busca de alguna posibilidad de consuelo, de alguna esperanza perdida. Modestas jóvenes que volvían de una larga y prolongada labor, hacia un hogar sin alegría y que retrocedían, más temerosas que indignadas, ante las miradas de los rufianes, cuyo contacto directo no podían evitar a pesar suyo. Prostitutas de todo género y edad: inequívocas bellezas en toda la flor de su feminidad que hacían recordar la estatua de Luciano, estatuas cuya superficie era como el mármol de Paros y cuyo interior estaba lleno de inmundicias; la repulsiva, completamente hundida en el fango; la arrugada y pintarrajeada bruja que intenta una última apariencia de juventud; la que es todavía una niña de formas sin modelar, pero que ya está entregada a las terribles coqueterías de su tráfico y ardiendo con feroz ambición por verse colocada al nivel de las mayores en el vicio... Borrachos innumerables e indescriptibles, unos harapientos y llenos de remiendos, haciendo eses, desarticulados, con caras tumefactas y ojos empañados; vestidos otros con trajes, aunque ya ajados y sucios, de aire fanfarrón y caras rubicundas, llevando los que en su día debieron ser buenos y que entonces estaban escrupulosamente bien cepillados; hombres que caminan con paso que resulta de una firmeza y elasticidad fuera de lo común, pero cuyos rostros están espantosamente pálidos y cuyos ojos brillan feroces y enrojecidos mientras procuran asirse con manos temblorosas a cualquier objeto que encuentren a su alcance... Junto a todos éstos, pasteleros, recaderos, cargadores de carbón, barrenderos, organilleros, domadores de monos, vendedores de canciones, artistas andrajosos y obreros cansados de todas clases; y todo este turbión moviéndose en medio de un recinto ensordecedor y de una desordenada vivacidad, que irritaba el oído con sus discordancias y producía una sensación dolorosa en los ojos.

A medida que la noche se hacía más profunda, más profundo se hacía en mí el interés por la escena, Rues cambiaba el carácter de la multitud, desapareciendo los aspectos más nobles al retirarse gradualmente la gente más ordenada, y se iban poniendo de relieve los aspectos más duros y groseros a medida que la última hora sacaba de sus guaridas a toda clase de seres abyectos y degradados. Pero la luz de los faroles de gas, débiles en un principio por tener que luchar con la luz del día, cobraban finalmente mayor vigor y arrojaba sobre todo una luz dominante. La oscuridad resultaba tan espléndida como ese ébano comparable con el estilo de Tertuliano. Los raros aspectos de la luz me encadenaban a examinar los rostros de los individuos, y aunque la rapidez con que pasaban ante el ventanal me impidiera echar más de una ojeada sobre cada rostro, me parecía que, dado mi peculiar estado mental, podía leer con frecuencia, en el breve intervalo de una mirada, la historia de largos años. Estaba escudriñando a la multitud con la frente pegada al cristal cuando de pronto apareció ante mi vista el rostro de un anciano de unos sesenta y cinco o setenta años, que inmediatamente atrajo y absorbió toda mi atención a causa de la peculiar idiosincrasia de su expresión.

Jamás había visto otra que se pareciese ni remotamente a ella. Recuerdo bien que mi primer pensamiento al verla fue que si Retsch la hubiera visto, la habría tomado como modelo preferente para sus interpretaciones pictóricas del demonio. Cuando intentaba, durante el - breve minuto de mi primera ojeada, realizar un rápido análisis del significado de aquella expresión, noté surgir, confusas y paradójicas en mi mente, ideas de un vasto poder mental, de cautela, de mezquindad, de avaricia, de instintos sanguinarios, de maldad, de terror, de alegría y de desesperación intensa y profunda. Me sentí singularmente sobrecogido, espantado y fascinado "¡Qué historia más extraña! -me dije a mí mismo-. ¡Debe estar escrita dentro de su pecho!"

Entonces me acometió el fuerte deseo de mantener al viejo aquel al alcance de mí vista para saber más cosas de él. Me puse el gabán precipitadamente, cogí el sombrero y el bastón, salí a la calle, abriéndome paso entre la multitud, en la dirección por donde le había visto desaparecer, pues éste ya se había perdido de mi vista. No sin dificultad, al fin volví a verle; me acerqué y le seguí de cerca, aunque con precauciones, para no atraer su atención.

Tuve entonces una buena oportunidad para examinar su persona. Era de baja estatura, muy delgado y de apariencia débil. En conjunto, sus ropas estaban sucias y andrajosas, pero cuando algunas veces pasaba debajo de la luz de algún farol, pude darme cuenta de que su ropa blanca, aunque manchada, era de buen género, y si mi vista no me engañó, a través de un desgarrón del capote que le envolvía entreví el refulgir de un brillante puñal. Estas observaciones avivaron mi curiosidad y decidí seguir al desconocido donde fuera.

Había cerrado ya la noche y sobre la ciudad caía una densa niebla, que no tardó en convertirse en una lluvia constante y copiosa. Este cambio de tiempo produjo un raro efecto sobre la multitud, que se agitó toda ella inmediatamente con una nueva conmoción y quedó un poco oculta por una nube de paraguas. La oleada, los empellones y el zumbido aumentaron diez veces más. Por mi parte no me fijé mucho en la lluvia, ya que conservaba el ardor de una fiebre que corría por mis venas y que hallaba alivio con la humedad, aun cuando resultara un tanto peligroso. Me anudé un pañuelo alrededor del cuello y continué la marcha. Durante media hora, el viejo continuó abriéndose camino con dificultad por la gran calle, mientras yo le seguía pisándole materialmente los talones por miedo a perderle de vista.

Ni una sola vez volvió la cabeza para mirar hacia atrás. Luego se metió por una bocacalle, que aunque muy concurrida, no lo estaba tanto como la principal que había abandonado. Entonces se produjo un cambio visible en su proceder. Caminaba mucho más despacio y con menos decisión que antes; vacilando continuamente, cruzó y volvió a cruzar la calle sin motivo aparente y la multitud se hizo tan espesa que a cada uno de sus movimientos me veía obligado a seguirle más de cerca. La calle era larga y estrecha y su andar se prolongó casi una hora, durante la cual, los transeúntes habían disminuido gradualmente hasta reducirse al número de los que circulan al mediodía en Broadway cerca del parque, ya que tal es la diferencia existente entre la población londinense y la de la ciudad americana más poblada.

Una segunda desviación nos llevó a una plaza brillantemente iluminada y rebosante de vida. Allí el desconocido volvió a adquirir su anterior actitud. Hundió el mentón sobre su pecho, mientras sus ojos giraban con fiereza bajo sus cejas fruncidas, en todas direcciones, atisbando a todos los que le rodeaban. Apresuró su paso con firmeza, pero me sorprendió, sin embargo, que cuando hubo dado la vuelta a la plaza retrocediese sobre sus pasos. Fue mayor mi asombro al ver que repetía el mismo paseo varias veces, estando en uno de ellos a punto de descubrirme cuando se volvió con un súbito movimiento.

En tal ejercicio invirtió otra hora, al final de la cual nos encontramos menos obstaculizados por los transeúntes que al principio. Llovía con intensidad, el aire se hacía más frío y la gente se retiraba a sus casas. Con gesto de impaciencia, el vagabundo se metió por una calle relativamente desértica. Bajó por esta que tenía casi media milla de larga, andando con una energía que yo no podía ni siquiera imaginar en un hombre de tanta edad, y que incluso me puso en un aprieto para seguirle. Después de unos cuantos minutos, nos encontramos en un mercado grande y concurrido que parecía ser cosa conocida del viejo. Éste volvió a adoptar su aire primitivo mientras andaba de arriba abajo, entre compradores y vendedores, sin objeto aparente. Durante la hora y media, o cosa así, que pasamos en aquel lugar me fue precisa mucha reserva para no perderle de vista sin atraer su atención. Afortunadamente, llevaba yo chanclos de goma y podía andar sin producir el menor ruido. Entraba en una tienda tras otra sin preguntar el precio y sin decir una palabra, contemplando todos los objetos con una mirada extraña y ausente. Estaba yo muy asombrado de su forma de proceder y tenía la firme decisión de no separarme de él hasta haber satisfecho en alguna medida la curiosidad que me inspiraba. Un reloj de sonoras campanadas dio las once y todo el mundo abandonó el mercado. Al bajar el cierre, un tendero dio un codazo al viejo y en el mismo momento vi que se estremecía. Se precipitó a la calle, miró ansiosamente a su alrededor durante un instante y luego corrió con gran velocidad por las numerosas y tortuosas callejuelas, hasta que llegamos una vez más a la gran calle de donde habíamos partido, la del café... Sin embargo, no ofrecía el mismo aspecto de antes. Todavía estaba brillantemente iluminada con gas, pero la lluvia caía pesadamente y se veían muy pocas personas. El desconocido se puso pálido; dio pensativo unos pasos por la antes populosa avenida, y luego, exhalando un fuerte suspiro, torció en dirección al río, para adentrarse en una serie de calles apartadas y salir al fin frente a uno de los teatros principales. Estaban cerrando y el público salía apretadamente por las puertas. Vi al viejo abrir la boca como para respirar mientras se precipitaba entre el gentío; me parecía que la intensa angustia que se reflejaba en su cara habíase calmado en cierto modo. Volvió a hundir la cabeza sobre su pecho y apareció tal y como lo había visto la primera vez. Observé que entonces tomaba la misma dirección seguida por el público... No podía comprender lo extraño de sus actos.

A medida que avanzaba, la gente se iba esparciendo. Otra vez hizo visible su malestar e indecisión. Por algún tiempo siguió muy de cerca a un grupo de unos diez o doce alborotadores, pero éstos se fueron separando uno a uno, hasta quedar reducidos a tres en una estrecha y oscura calleja muy poco frecuentada. El extraño se detuvo y por un momento pareció quedar absorto en sus pensamientos. Entonces, con una rapidez muy marcada, prosiguió rápidamente un camino que nos condujo a las afueras de la ciudad, por lugares muy distintos de los que habíamos atravesado hasta entonces. Era el barrio más sucio de Londres, donde todo parece llevar la marca de la pobreza más deplorable y del crimen más desesperado. A la luz mortecina de un farol se veían casas de madera, altas, viejas, carcomidas, como tambaleantes, que parecían inclinarse para su inmediata caída, en direcciones tan diversas y caprichosas que apenas se veían pasos entre ellas. Los adoquines estaban colocados al azar, más bien desplazados de su lugar, mientras que en el suelo crecía una profusa maleza. La porquería se acumulaba en las alcantarillas cegadas. Todo el ambiente estaba lleno de desolación. Sin embargo, mientras avanzábamos se reavivaron los ruidos de vida humana, creciendo gradualmente y, por último, nutridos grupos de la especie más baja de la población londinense se movían de arriba, abajo. De nuevo los ánimos del viejo comenzaron a encenderse como una lámpara que está próxima a extinguirse. Una vez más se lanzó hacia delante con un paso elástico. De pronto se volvió en una esquina, un ramalazo de luz cayó sobre nosotros y nos encontramos ante uno de los enormes templos de la intemperancia, uno de los palacios del demonio de la ginebra.

Era casi de día, pero aún se apretujaba un cierto número de miserables beodos, que entraban y salían por la ostentosa puerta. El viejo se adentró con un apagado grito de alegría, recobró su primitiva apariencia y se puso a pasear de arriba abajo, sin objeto aparente. No hacía, sin embargo, mucho tiempo que se dedicaba a ello, cuando un fuerte empujón hacia las puertas reveló que el dueño iba a cerrarlas a causa de la hora. Lo que observé entonces en el rostro del ser singular a quien yo había seguido tan pertinazmente fue algo más intenso que la desesperación. Con todo, no vaciló en su carrera, pero de pronto, con una energía loca, volvió sobre sus pasos al corazón del poderoso Londres. Huyó durante largo rato y rápidamente, mientras yo le seguía cada vez más asombrado, resuelto a no abandonar aquella pesquisa por la que sentía un interés cada vez más absorbente. Salió el sol mientras íbamos andando, y cuando hubimos llegado otra vez al más atestado centro comercial de la populosa ciudad, la ca4le del café... presentaba ya un aspecto de bullicio y actividad semejante a lo que yo había visto la noche anterior. Y allí, en medio de la confusión que aumentaba por momentos, persistí en mí propósito de perseguir al extraño. Éste, como de costumbre, iba de una parte a otra y durante todo aquel día no salió del torbellino de aquella calle.

Cuando las sombras de la segunda noche iban llegando, me sentí mortalmente cansado, y parándome frente al vagabundo, le miré fijamente a la cara. No pareció darse cuenta de mi presencia y reanudó su paseo, en tanto que yo permanecí absorto en aquella contemplación. "Este viejo -pensé por fin- es el tipo y el genio del crimen profundo. No quiere permanecer nunca solo. Es el hombre entre la multitud. Sería inútil seguirle, pues no lograría averiguar nada sobre él ni sobre sus hechos. El peor corazón del mundo es un libro más repelente aún que el *Hortulus Animae* y tal vez una de las más grandes mercedes de Dios sea que es "lässt sich nicht lessen", que no se deja leer."